大 学 问

始 于 问 而 终 于 明

The DEMISE of
the MING

讲亡
史明

台静农 著

廖肇亨 校注

广西师范大学出版社
·桂林·

亡明讲史
WANGMING JIANGSHI

本书简体中文版由台湾大学出版中心授权
著作权合同登记号桂图登字：20-2021-326 号

图书在版编目（CIP）数据

亡明讲史 / 台静农著. --桂林：广西师范大学出版社，2022.3
　ISBN 978-7-5598-4710-2

　Ⅰ. ①亡… Ⅱ. ①台… Ⅲ. ①长篇历史小说－中国－当代 Ⅳ. ①I247.5

中国版本图书馆 CIP 数据核字（2022）第 006261 号

广西师范大学出版社出版发行
（广西桂林市五里店路 9 号　邮政编码：541004
　网址：http://www.bbtpress.com）
出版人：黄轩庄
全国新华书店经销
广西广大印务有限责任公司印刷
（桂林市临桂区秧塘工业园西城大道北侧广西师范大学出版社集团有限公司创意产业园内　邮政编码：541199）
开本：880 mm ×1 240 mm　1/32
印张：8　　　　字数：143 千
2022 年 3 月第 1 版　2022 年 3 月第 1 次印刷
印数：0 001~8 000 册　定价：76.00 元
如发现印装质量问题，影响阅读，请与出版社发行部门联系调换。

「虽然，真实的写出内心的哀乐并表现了时代的明暗，没有失去个性的作者，在中国文学史上每个时代都有，只是不多；中国文学史也就依赖有这样不多的作者，才不致黯然无色。」

——《静农论文集》

中国革命文学的先驱者

新文学的然灯人

台静农在书房
图片来源:台湾大学图书馆藏。

台静农（1902—1990）

1902年生于安徽省霍邱县叶家集镇。幼承庭训，读经史，习书法。中学即创办《新淮潮》杂志，宣扬新文化运动，并于北京参与发起"五四"以来第三个全国性文学团体"明天社"。后考取北京大学国文系旁听生资格，奠定了国学基础。继之入北京大学研究所国学门为研究生，半工半读完成学业。

1925年春初识鲁迅，之后两人关系密切，友谊深厚，同组"未名社"，译介外国文学。

1926年整理出版《关于鲁迅及其著作》，这是"新文学"以来第一本鲁迅作品批评论文集。

1928年出版第一本短篇小说集《地之子》，描绘安土重迁的中国农民深陷苦难与惰性的循环，无法自拔。同情下层人民苦难，抨击黑暗现实，充满乡土气息。

1930年出版第二本短篇小说集《建塔者》，揭露新军阀的血腥统治，描绘在白色恐怖下坚持斗争的革命青年如何舍身蹈火在所不惜，是作者思想更趋激进的产物。

1943年获时任教育部部长陈立夫具名颁发教授证书，在国立女子师范学院讲授中国文学史。

1946年经魏建功推荐，得台湾大学之聘。为促进台湾战后文化的复归和重建，赴台从事教育工作。任中文系教授兼系主任，在任27年间，奠定台湾大学中文系学术自由之传统，培养无数优秀人才，贡献卓著。

1973年退休，仍任辅仁大学、东吴大学讲座教授，从事教学和写作。

1990年逝世于台北。

另有《台静农短篇小说集》《静农书艺集》《龙坡杂文》《静农论文集》等行世。

序

台静农先生《亡明讲史》简体版即将在大陆出版,大陆读者将能更方便阅读台先生这部篇幅最长的历史小说。聊赘一语,以全体例。

此书早在台先生赁居四川后方时期即已撰成,渡海来台以后,从数易清腾稿一事不难揣想,将此书付梓出版应该也数度萦回台老心间,但毕竟没有正式出版,犹如在那个年代诸多难以言说的心事。

台先生渡台后,长年执教于台大、辅大等高级学府,作育英才无数,学生门人莫不感念,春风化雨是他真正心力寄托。作为一代书家冠冕,台先生在台湾终日与溥心畬、张大千、庄严、孔德成先生诸人诗酒往还,几无一日不挥毫,为文则含蓄简净却又笔力遒健，如雁过长空。但在台先生的晚年，台湾读者终于有机会目睹台先生早年的文学创作。那种激越与痛切，与晚年温厚和煦的形象相去甚远。其实综观台先生的文学创作，虽然乐音时有高低起伏，但无论任何时期、任何场域，台先生的作品中都有两个不断交叉出现的主旋律：一是洞观世情的清冷智慧，一是悲悯众生的温暖情怀。《亡明讲史》一书当然也不例外，但这本书又较前此诸作更多了一点坐看大厦摧折的悲凉无奈。虽然，这世界并不完美，台先生也早就了然于心。

晚清以来，晚明清初一直是东亚诸国建构国家精神主体的重要历史资源，不独中国，日本的明治维新对待明末清初那个时代也是如此。因此，对那一代的知识人而言，晚明清初并不是已经过去的历史，眼前的人事兴废可以随时召唤相关的历史记忆。对台先生那一代人来说，阅读《亡明讲史》时的感觉，恐怕很难只把它当作一部单纯的历史小说，种种现实指涉恐怕无法视而不见，甚至也不劳学者挑明，便可自然而然地浮现眼前，因是一代人的时代共感。台先生在本书中多方引证当时各种新出史料，显然是有意为之，并非为了炫学，而是借着《亡明讲史》一书，将那个时代所见证认识的明末清初留下印记，易言之，不仅是个人感时抒情，更像是大时代的多部和声。例如《亡明讲史》一书当中登场的钱谦益形象，与陈寅恪后来所著《柳如是别传》一书中的形象就有天壤之别，但正因如此，《亡明讲史》也可以代表一时风气之所趋。虽然如此，台先生对于明遗民的诗、晚明书画的独创性曾下过的深切功夫，绝非随众逐队之凡夫所能望其项背。台先生于晚明清初一段用情之深、用功之勤，从其晚年将珍藏多年的明人书画捐给台北故宫博物院一事，或可略窥一斑。

台先生无疑是二十世纪最伟大的时代心灵之一，他的生命中也曾有过迷惘、彷徨、愤怼的时刻。可想而知，他创作《亡明讲史》的时间也正是一个良知遭受严重考验的关头，《亡明讲史》迟迟未能正式出版，其实也是台先生内心某种程度真实的写照。晚年的台先生像是沉默的大海，渐转渐深，又能兼纳万物，或许《亡明讲史》可以视作江河入海前的一段特殊景致。

最后感谢玉成出版简体字版的诸多前辈友人。陈子善老师、李浩洋老师、王德威老师、台大出版中心、广西师大出版社。

廖肇亨于台北南港四分溪畔

凡 例

一、本书文字与标点，以《亡明讲史》为底本，若有疑误字或缺字则据《亡明讲史稿》修正及补充。

二、关于《亡明讲史》正文整理校对，有无法识别且无稿本可资校对者以□表示，凡（）表示疑误字，〔〕表示当为字或遗漏字，据《亡明讲史稿》或据文意修订处，视需要另加注说明。

三、关于《亡明讲史》引用文献校对，加注文献出处，凡（）表示疑误字，〔〕表示当为字。对照史料可知为缺字处，径以〔〕字补入。

四、《亡明讲史》及《亡明讲史稿》并无标号，仅以空行表示分节，本书为方便读者阅读，以数字标号表示分节，共分二十六节。

五、尊重《亡明讲史》底本和当时的语言文字环境，部分字词保留原文用法，如部分"的""那""作""著"等不再根据语言环境改为"地""哪""做""着"，"一回儿"不改为"一会儿"，保留"满清"的用法等。

六、《亡明讲史》中所出现人名，一律加注人物生平，并做人名索引。

目录
Contents

- 一 ……………………………………… 001
- 二 ……………………………………… 018
- 三 ……………………………………… 023
- 四 ……………………………………… 033
- 五 ……………………………………… 036
- 六 ……………………………………… 045
- 七 ……………………………………… 050
- 八 ……………………………………… 055
- 九 ……………………………………… 056
- 十 ……………………………………… 070
- 十一 …………………………………… 073
- 十二 …………………………………… 083
- 十三 …………………………………… 089
- 十四 …………………………………… 095
- 十五 …………………………………… 100

十六 ········· *108*

十七 ········· *113*

十八 ········· *116*

十九 ········· *121*

二十 ········· *134*

二十一 ········ *146*

二十二 ········ *149*

二十三 ········ *156*

二十四 ········ *162*

二十五 ········ *167*

二十六 ········· *171*

附录一：亡明作为隐喻——台静农
  《亡明讲史》／王德威 ········· *178*

附录二："只有漆黑"——《亡明讲史》
  及其相关问题／廖肇亨、郑雅尹 ········ *197*

后记：写在出版之前／廖肇亨 ······· *228*

人名索引 ············· *233*

一

皇宫里人们都希望今年比去年太平,没想到今年反不如去年。刚过了新年,就传说闯贼在西安登了基,国号叫什么大顺,杀人不眨眼的流寇,敢同咱们大明皇帝争天下,这还成什么世界?寿宁宫的张总管,他足足活了八十一岁,万历爷的时候,他就在皇宫里当差了,如今一年不如一年,一天不如一天,这老总管的心也不能平安下去了,他常常悲慨地说:

"我一生也不知见过许多场面,魏忠贤[1]作乱的时候,该有多少大臣出头说话,不怕打,不怕夹,不怕死,真真有骨气。可是现在呢?国家到了这种地步,那些老爷们,还在闹什么党,东林咧,复社咧,阉党咧,究竟谁是忠臣,我们也辨不清了。皇上的忧勤,那些老爷们谁也不管的,你看,皇上荤菜也不忍吃了,天天吃素,圣容比往日憔悴得多了,这几天皇后[2]同长公主[3]劝皇上不要太自苦了,老天啊,让皇上转过念头罢!"

崇祯皇帝[4]并不像梁武帝那样的一个佛教徒，他不吃荤的意思很简单，就是觉得国家弄到这种地步，他是一国之君，上不足以对祖宗，下不足以对百姓，内心愧怍，使他再不忍养尊处优了。例如他那《罪（亡）〔己〕诏》道：

> 朕为民父母，不得而卵翼之；民为朕赤子，不得而怀保之。坐令秦豫邱墟，江楚腥秽，罪非朕躬，谁任其责？所以使〔民〕罹锋镝，蹈水火，血流成壑，骸积成山者，皆朕之过也。使民输刍挽粟，居送行赍，加赋多无艺之征，预支有称贷之苦者，又朕之过也。使民室如悬磬，田尽污莱，望烟火而无汀，号冷风而绝命者，又朕之过也。使民日月告凶，旱潦荐至，师旅频仍，疫疠为殃，上干天地之和，下聚室家之怨者，又朕之过也。至于任大臣而不法，用小臣而不廉，言官首鼠，而议不清，武将骄懦，而功不奏，皆由朕〔抚〕驭失道，诚敢未至，终夜以思，局踏无地。……[5]

崇祯皇帝这样坦白的扪心的自责，更可以明白他为什么不吃荤了。但是，这时机急迫的当儿，朝廷的大臣们谁也管不了这些，你吃猪肉也好，你吃青草也好，是你个人的事，干不了谁。然而皇后们[6]却张皇起来了，皇上连荤也不用了，该怎样好。于是天天预备下肴馔，劝皇上多少用些，他只是不听。在皇后们以为无法挽救的时候，忽然皇上表示愿意开荤了，这给皇后和长公主们[7]一种意外的喜悦。进膳时，皇上又出乎意外地拿出一本奏文给皇后，皇上凄然的同皇后对看一眼。皇后接过来看时，才知是瀛国夫人[8]奏进的，说夜间梦见皇上生母孝纯太后[9]回来了，他[10]哭著说，皇帝瘦了，替我告诉皇上，不要过于自苦了。这时皇帝眼圈红红的，皇后一面跪拜一面呜咽著，长公主也随拜随泣著。皇帝看了这种情形，想到末世帝王家，真是不如寻常百姓，眼泪颗颗的落下。肴馔既然陈在面前，皇上为了皇后，打算勉强用点。遂回顾长公主道：

"陪著吃罢，见一次少一次了！"

满胸填塞了悲哀的皇帝，不觉的又说出这样沉痛的话，长公主要不是为了皇家礼仪，便要放声哭出，只得咽下了眼泪就（坐）〔座〕。她是皇帝得爱的女儿，她和皇太子[11]同年生的，今年十六岁了。驸马爷周家，皇帝早选定了，想在头年筹备婚礼，因时势不靖，皇帝说："等一年罢，流寇平了，才办罢，我不愿我的公主草草下嫁。"

饭后，皇帝同皇后回到交泰殿，公主回了寿宁宫。

"你听说外面的风声么？"皇帝黯然的问。

皇后茫然的一时不知所答，忽然想到大学士李建泰[12]督师西行，出师月余，总应该有好消息了。因为李建泰这次出师，那礼仪的隆重，不仅皇后从来没有见过，就是宫里的老太监也只见过这一次，于是一个多月以前的朝廷遣将大礼又浮在眼前了。当时李建泰亲同皇上说，他愿意提兵西行，替皇上分忧，并愿将家财献出，充作军饷。皇上见他这样忠心，大喜道："朕一定按照古代天子推毂大礼，亲身郊饯。"皇上遂即下了谕旨，今大学士李建泰督师讨贼。皇上行遣将礼的这天，是正月二十六日，一面命驸马都尉万炜[13]，设牛羊，祭告太庙。一面登殿，举行授旗授剑典礼。礼毕，备法驾御正阳门，时旌旗十余万，自午门外排至正阳门外，甚是威严。文武百官，皆在一旁侍候，开列御筵十九席，文官居东，武官居西，御席居中。五省掌印侯伯，内阁六部、（督）〔都〕察院，掌印官，及京营总协，皆蒙恩侍坐。当由鸿胪赞礼，御史纠仪，将军侍卫。但见文武百官屏息无声，只听宝瑟瑶笙，鼓吹声喧。皇上于是亲手递酒三杯给李建泰，并说道："先生此去，如朕亲行。"建泰谢恩接酒，皇上即以三支金杯赐给建泰。复令内监捧出御馔手勅奖谕一道，当下钤按了正阳用宝大玺，赐给了建泰。于是内监替建泰挂红簪花，毕，鼓乐引导，捧了上方剑而出。皇上以目送之，心想李督师此去，定能扫荡流寇，朝廷大可静听捷音了。此时皇后想到这里，满以为李督师身上负著国家存亡的责任的，而皇上那样的颓丧，也许过分焦虑了罢。因安慰著皇上道：

"皇上能宽怀些好，闯贼虽然逼近京师，李督军大军一出，有高皇帝在天之灵，以及陛下洪福，一定会马到成功的。"

"皇后，你怎也学会了什么'在天之灵，陛下洪福'？这一套话，我们朝廷大臣都说烂了。前命李建泰督师，原想他能直趋太原，收拾山西，尚可堵击闯贼，不致东窜。那知他见山西紧急，徘徊道路，不敢前往，现在闯贼已离京畿不远，更无用了，真是辜负了我一番期望。"

"其先李建泰的陈情督师，该多么慷慨，原来也是个没有心肝的东西！"皇后的神情忽然变作激越，"这些朝廷大臣们，承平时都是满口君子小人的，到了今日，依旧只知个人禄位，难道国亡了……"皇后含著热泪，不忍往下说去，转了话锋。"总之，陛下焦愁也没用，只有听之上天罢。上次我不是向陛下说，'我们南方还有一个家'吗？陛下觉得怎样呢？"

"这些时，有许多事我是不愿同皇后说的，"皇上忍著失望的痛苦说，"我何尝不想要那南方的家呢？况且那边是我们祖宗发祥地。正月初三那天，没有临朝之前，曾召左中允李明睿[14]到便殿，他请令左右走开，密陈闯贼势盛，将逼近京师，只有先行到南京，再图剿灭。我说，'此事朕早想为此，只因无人赞助，迟至今日'。后来在文华殿问朝廷大臣们，'时机紧迫，有人劝朕南迁，国君应死守社稷，朕将到那里去？'他们自然看出我的意思，于是大学士范景文[15]、都御史李邦[16]等，请先奉太子到江南。不意给事中光时亨[17]大声叫道，'奉太子南去，是何用意，难道要学唐肃宗[18]的故事么？'范景文等被光时亨这一吓，谁也不敢提了！这时候我冷笑道，'你们到底有何御寇之策？'于是有的说守城门的没有人，有的说应该考选科道，有的说要等饷练兵，有的说东林党人误国，有的说逆（奄）〔阉〕余孽未除，……你想，什么时候，还是这些话，能不叫人痛心。我叹口气和他们说，'朕倒不是亡国之君，你们才是亡国之臣呢！'"

"光时亨是什么样的人？"皇后接着问。

"桐城左光斗[19]的同乡，也是东林党，可是人品不如左光斗；其实他一人误国，可以杀掉他，无奈诸臣有胆识的太少，不能给我主张，像范景文等碌碌保守爵位，便可以看出了。"

皇后见皇上有些倦容，因说：

"请陛下安息一回儿。"

"不，不，我还有事，"回头左右问，"徐高[20]可回来了？"

"皇上，徐总管在德政殿候驾回奏呢。"一太监跪著答。

"叫他进来回罢！"忽然注视一下皇后，说，"不用了，我去德政殿。"

原来国家自流寇扰乱以来，赋税不收，非常窘迫，一向都是勉强支持，最近闯贼直扑京师，昌平已经失守，通州岌岌可危，朝廷命令所达之地，实际上只有一个北京城了。外面军饷赏银，早已无法筹措；即城内兵丁，已有一筹莫展之势。皇帝没有办法，想来想去，要死守皇都，只有从朝臣中筹一笔军饷。但是要想朝臣们踊跃的献出银子来，最好要有与皇家关系至切的首先提倡，于是皇帝想到老国丈嘉定伯周奎[21]了。京城里，提起老国丈来，真是无人不知无人不晓，连三岁小儿也知道，"周国丈，金子用斗量；嘉定伯，银子贱似铁"，这早成京城里的歌谣了。于是皇帝派了徐太监，要他去请周国丈帮助朝廷的军饷。

徐太监到了周府的时候，周国丈就心想这有些奇怪，他是皇上的亲信，平常不出来的，如今前来，一定没有什么好

事，要想推病不见，他又是奉旨来的，惟有勉强出厅迎接。徐太监草草寒（喧）〔暄〕后，说：

"朝廷的困难，老皇亲是知道的，目前最急迫的，就是守城兵丁的粮饷，粮饷发不出，谁肯替朝廷出力呢？闯贼如果围了京师，要能死守三两个月，四方勤王的人马赶到，那时闯贼也可以剿灭了。不过，粮饷，朝廷实在筹不出，皇上的意思，想老皇亲暂时借助点，多则十万两，少则八万两，这在老皇亲不过九牛一毛，在各位大臣中也可以算是首创了。各位大臣见老皇亲这样热心赞助皇家，自然乐于报效了。"

老国丈没等徐太监说毕，不禁惊慌失色，好像平空的从头上打下了一个霹雳，简直晕了，说不出话来，许久许久才吞吐出几句话来：

"徐总管，皇上意思老臣是明白的，可是老臣那里有这许多银子呢？"

徐太监听了，顿时又气愤又伤心，又不敢驳回去，依旧婉转的说道：

"皇上说，国戚里面，同皇上最亲的，要算老皇亲了，老皇亲不帮助皇上，谁肯帮助皇上呢？"

"献银子给皇上,本来是老臣应该的,但是老臣也得有啊!"显然是顽强的拒绝了。

"现在风声这样紧,万一皇城不守,老皇亲想,那时节……"徐太监低声下气的说,声音似乎有些(呜)〔呜〕咽。

"万不了时,天(蹋)〔塌〕压大家,有什么法子?老臣就是有十万银子拿出来,也抵挡不住闯贼不进北京城呀!"[22]

徐太监痴然冷笑著。

"依老臣愚见,不必从戚臣同朝廷各位老爷身上打算,还是找找百姓罢,让他们多献点。有钱的出钱,百姓没有钱谁有钱,做官的老爷们不也是从他们手里找出息?反正羊毛出在羊身上,这不直(接)〔截〕了当吗?"

"老皇亲说了半天,仍然一毛不拔,我只有这样回奏了。"

老国丈迟顿许久,说不出话来,皇帝虽穷,毕竟还是皇帝,真个翻了脸,怎么好?他心里盘算著。

"皇上要老臣献银子,老臣敢不拿出来,老臣现在尽量的拼凑,凑到一万就是一万,凑不到就是八千!"少停断然的说道,"好罢,徐总管就替老臣奏捐一万罢!"

"是，是，就这样了！"忽然落下泪来，"咳，像老皇亲这样悭吝，国家算完了，这时候，老皇亲不顾皇上，那时皇上也顾不了老皇亲了。"

说罢，即刻告辞而去。

徐太监回到德政殿，敬候皇帝午饭后出来回奏，这是皇帝同他约定在这儿见的。他远见皇帝走来，即跪伏在苑中。皇帝到了殿门口，他随著进去，等皇帝坐下，他又跪下去。他毫没有替周国丈掩饰，一切经过都说了出来。

皇帝初听时满脸怒容，不久怒容消逝了，代之以失望的苦痛，黯然说道：

"他都如此，还有什么说的？"

"老皇亲本来悭吝，原不足责，像太监中的曹化淳[23]、王永祚[24]、王之心[25]等，以及别的皇戚大臣们，总可以让他们献些。"

"你去问问罢！明天听你回奏！"徐太监叩头起来，退下，皇帝忽说："来，周国丈的事不要给皇后知道了！"

朝廷向皇戚及大臣们筹饷的消息，马上传到外面去。更兴奋的是京师的老百姓，有的说："皇上焦愁的可怜，这般老爷还是吃喝玩，这不是享皇帝的福谁能给他那样，有良心的还不赶快拿银子出来！"有的说："京师保不了，老爷们的家产也守不住。"有的说："我听过几个老爷说，我们是世代官宦，李闯王得了宝位，我们还是做官！"有的说："我们皇帝就误在这些老爷们，他们有银子的不拿出来，我们没有银子的何妨大家凑点！"

可是皇戚大臣们听了，家家恐怖起来。现在什么局面，早晨不知晚上事，白花花的银子往外拿，岂不是冤？但是皇帝要，有什么法子呢？于是大门上贴上红纸条，写道"此房招租"，或是"本宅（绝）〔决〕定出让"。

徐太监这天曾经跑到田皇亲[26]家，田皇亲迎头便说："消息日坏，舍间日用也窘乏起来，徐总管刚才从大门进来，看见了本宅出售的条子罢？"徐太监已经碰过多次壁，情感不似在周国老家那样紧张，冷然说道："是的，看见了，今天走了一天，几乎各府都变成了卖房主，可惜我们买不起，不几天买主该到了，老皇亲不要愁，待著罢！"田皇亲装作不懂他话中有话，说道："有了买主，再献金不迟，烦徐总管替回奏一声。"

徐太监骑了马走过宣武门大街，无意看见古德堂古玩铺的李掌柜站在门前，问道："徐爷好，许久没有给徐爷请安

了,进来坐坐罢。"徐太监一时觉得疲倦,停了马,走进去,李掌柜请他坐在柜房里炕上,亲自献了茶,徐太监问:

"为什么不送东西过来,没有收到好玩艺儿?"

"知道徐爷忙,不敢过去惊动;东西这两天倒不少,不知什么缘故,好些府里的东西,都送过来,商托小号代为出售。徐爷何妨看看。"

徐太监走出柜房,见古玩架上堆满了鼎彝玉器,都用红纸条标出"某某府""某某公馆",他一望便知道其中缘故,不由的叹了一口气。

"徐爷有点惋惜罢?说也奇怪,往年大公馆的东西托小号出售,为恐露出底细;现在都自家写好红条,一定要小号贴出,好像怕别人不知道似的。"

"都是名贵的东西?"

"这能瞒过徐爷眼吗?那里有一件好的,都是假的,价钱又标得那么大,谁也不买!"

"李掌柜可知道,有些大公馆门上也贴了出租出卖的红条子?"

"刚才听说过,有人说,这些老爷替皇帝筹饷,情愿将世代的府邸献出来,这是老爷们的忠心!"

"要是这样倒好了,正是怕皇帝筹饷呢!"

"原来拿出许多假古玩,就是这个原因!"李掌柜即时觉悟过来,深深的也叹了一口气。

时天色黄昏,徐太监辞出。回到宫中时,皇帝正在便殿召襄阳城伯李国桢[27]问守军情形。李国桢反复的说了一番痛苦,五个月没有发饷了,士兵有斗志的实在很少。皇上若能颁发一笔赏金,也可以鼓励一下。

"你先回去,明天早晨来领罢,已派徐太监筹借去了。"接著向左右说:"徐太监该回来了,传他来!"

徐太监走进来,跪著奏明了各位皇亲大臣的情形。

皇帝听了,默默无言,也没有什么表情,只是坐下又起来,踱了几步又坐下。殿中已经上灯,灯影中映著一个瘦长的黑影,在空寂的殿中摇动著。于是狠狠的说:

"我那里知道他们是这样没良心!刚才王承恩[28]说,我的百姓,他们还自动的三百一百的凑献一万多两来。"稍停又说:"果真我大明不该亡,将来把他们一个个都杀了,才对得起祖宗，才对得起百姓！"又停了一些时，向徐太监说："你去查查内库还有多少，全提出来，同著献金，统统让襄城伯领去，赏了罢！"

注

[1] 魏忠贤（1568—1627），明朝末期宦官，直隶肃宁县人。天启年间与东林党人爆发东林党争，崇祯帝即位后遭整肃、流放，畏罪自杀。

[2] 庄烈愍皇后（1611—1644），周氏，周奎之女。其先为苏州人，徙居大兴。明朝灭亡时自缢身亡。

[3] 长平公主（1630—1646），周皇后之女，原封为坤兴公主，李自成攻入北京后，崇祯帝断其左臂。

[4] 崇祯皇帝，明思宗朱由检（1611—1644），明朝末代皇帝，天启七年（1627）登基，次年改元崇祯。1644年李自成攻破北京，自缢于煤山，在位十七年。

[5] 计六奇著，魏得良、任道斌点校：《明季北略》（北京：中华书局，1984年），下册，卷20，页446—447。

[6] "皇后们"此处意思应为"皇后她们"，即对皇后、长公主等为皇帝担忧的众人之统称。下同。

[7] 应是指代皇后和长公主等人。

[8] 瀛国夫人，崇祯帝外祖母，孝纯皇太后母亲。

[9] 孝纯太后（1588—1615），明熹宗生母，顺天人，万历四十七年薨。

[10] 底本作"他"，《亡明讲史稿》本作"她"。

[11] 朱慈烺，崇祯帝长子，崇祯三年（1630）立为太子。

[12] 李建泰（？—1650），明末山西曲沃人，天启进士，军队为

李自成军所攻破。清军入关后曾召其为内院大学士，不久被罢免。顺治六年（1649）姜瓖于大同起兵叛清，建泰接应，后被擒杀。

[13] 万伟，疑为万炜（？—1644），明神宗五妹瑞安公主驸马，崇祯年间，官至太傅，掌宗人府印，祭祀太庙等礼仪也多由其代行。李自成攻入北京后被杀。

[14] 李明睿（1585—1671），江西南昌人，天启二年（1622）进士，明亡后，奉吴三桂。

[15] 范景文（1587—1644），字梦章，号思仁，直隶吴桥人。万历四十一年（1613）进士，历文选员外郎，天启间为文选郎中，魏忠贤与魏广微中外用事，景文其同乡。崇祯年间起用，累官工部尚书，兼东阁大学士，入参机务。

[16] 李邦，疑为李邦华（1574—1644），明末政治人物，江西吉安吉水人。万历三十二年（1604）进士。

[17] 光时亨（1599—1645），明末政治人物，南直隶桐城县人，崇祯七年（1634）进士。于李自成逼近京师之际，力阻崇祯帝南迁，被弘光朝廷以"阻迁"之罪处死。

[18] 唐肃宗李亨（711—762），唐玄宗之子，在位仅六年，正是安史之乱的时期。安史之乱爆发时，玄宗与皇室一行人往西逃，玄宗逃向四川，太子李亨至宁夏灵武，并在此即位。

[19] 左光斗（1575—1625），直隶泾县人，明末东林党六君子之一。

[20] 徐高（生卒年不详），直立府泰州人，军籍，明朝政治人物。

[21] 周奎（生卒年不详），顺天籍，南直隶人，明思宗皇后周氏的父亲。

[22] 末句疑多了一个"不"字，应为"也抵挡不住闯贼进北京

城呀!"

[23] 曹化淳(1589—1662),明代崇祯朝宦官,曾负责处理魏忠贤制造的冤案。

[24] 王永祚(生卒年不详),崇祯年间任郧阳抚治。

[25] 王之心(?—1644),明朝末年宦官,李自成入京后被刘宗敏处死。

[26] 田皇亲,即田贵妃之父田弘遇。田弘遇(?—1643),陕籍客商,后居扬州,女田秀英为崇祯宠妃,被封为田贵妃之后,田弘遇以女贵,官封左都督。

[27] 李国桢(生卒年不详),丰城人,万历八年(1580)进士,崇祯时期任京营总督,受封襄城伯。

[28] 王承恩(?—1644),明末宦官,随崇祯帝至煤山,帝崩后,自缢于亭下。

三月十七日，四鼓皇上早朝，可是午门内外，寂然无人，皇帝凄清仍等了些时，〔东〕阁大学士范景文、左谕德进士周凤翔[1]、司经局编馆马士奇[2]等才到，排班侍立著，不过三十来人。这时闯兵大炮正向城内轰击，殿宇摇动，灰尘如雨，皇帝不禁泣下，诸臣也陪著泣哭。也有几位大臣出班奏道：

"冯铨[3]老成谋算，定有回天之力，臣请令其再起。"

"国家用人之时，霍维华[4]、杨维垣[5]若重予录用，必能报效皇上，敢请圣裁。"

"刘泽清[6]功在定乱，敢请晋封为东安伯。"

皇上如没有听见似的，均置之不理，大臣等只有唏嘘惶恐，就班侍立。皇帝忽在御案上愤然写了数字，写后以目示司礼监王之心，之心一看，上写十二个大字：

"文武官个个可杀,百姓不可杀!"

王之心看后,遂即以袖就御案拭去,王承恩忽由午门外仓皇走入,战栗的奏道:

"贼兵乘著昨夜月色进犯,平则门、西直门、彰义门、正阳门、齐化门都被贼兵围著!"

"李国桢呢?快令使骑侍来!"

皇帝即起入内,诸臣立刻星散。走出午门的时候,诸臣互相惊恐,有说"这如何得了!"有说"大概不要紧罢?"范景文低头不语,直往前去,面色有如死灰,走时全身战栗,原来他见时势不能挽回,已绝食三天了。有些大臣都以沮丧的同情的眼光送他走过。独兵部尚书张缙彦[7]、兵科龚鼎孳[8]、刑科孙承泽[9]、光时亨走在一起,行若无事的密语著,彼此都以不同的眼色,窥伺午门外道上的同人,为恐怕他们听去似的。

原来李自成[10]下令沙河、芦沟桥、通州等处闯兵,务须星夜赶到京郊,三鼓造饭,四鼓攻城。闯兵到时,城外三大营正在酣睡,忽听炮响如雷,轰声震地,火把如龙,红光照天,吓得三营大兵,仓皇逃命,平日号衣,概不敢穿,只著单(挂)〔褂〕小裤窜逃。有些不等衣裤上身,闯兵已到面

前，惟有裸身长跪，哀告求降。三大营的火车巨炮，蒺藜鹿角，皆为闯军所得。

城外炮声正紧火箭乱飞的时候，替京师大营守城的襄城伯骑马驰至宫门，即时宣入便殿，皇帝迎头便问：

"守得住么？"

"城军完全不听命了！"李国桢伏地哭奏道。"鞭一个，起来一个，等臣离开，仍然躺下。皇上颁发的赏金，每一个才分到二十文，他们乱叫道：'这只够买五六个烧饼，怎守得城？'臣力已尽，惟有一死，上报皇上。"说罢，仆地恸哭。

"不意诸臣误朕到这种地步！"皇帝也痛（苦）〔哭〕著。

注

[1] 周凤翔（生卒年不详），浙江绍兴山阴人，崇祯元年（1628）进士，京师破，自缢死。

[2] 马士奇，疑为马世奇（？—1644），字君常，无锡人，崇祯四年（1631）进士，官至左庶子。都城陷落后，自缢而亡。

[3] 冯铨（1595—1672），顺天涿州人，明末清初政治人物，两朝皆官至大学士。顺治元年（1644）受睿亲王多尔衮征用，以大学士原衔入内院。

[4] 霍维华（？—1636），直隶东光人，明朝政治人物。万历四十一年（1613）进士。依附于魏忠贤。天启六年（1626）上疏千字，推翻"梃击案""红丸案""移宫案"的结论。

[5] 杨维垣（？—1645），文登人，万历间进士。官御史，力排东林党人。清军攻陷时，全家殉死。

[6] 刘泽清（？—1649），山东曹县人。南明弘光朝时为总兵，镇守庐州，封为东平伯，与高杰、黄得功、刘良佐四总兵号称"四镇"。后降清朝，顺治五年（1648）以谋反处决。

[7] 张缙彦（1599—1670），河南卫辉府人。明兵部尚书，后降清。

[8] 龚鼎孳（1615—1673），明末清初江南合肥人，崇祯七年（1634）进士，授兵科给事中，清康熙间历任刑、兵、礼部尚书，诗文与钱谦益、吴伟业并称江左三大家。

[9] 孙承泽（1594—1676），历任明清。顺天大兴人，崇祯四年

（1631）进士。1644年接受清朝官职，任吏部左侍郎，1645年辞官。著述甚丰。

［10］李自成（1605—1645），延安府米脂人，称闯王、李闯，为明末民变领袖之一，率众于河南歼灭明军主力。1644年在西安称帝，年号大顺，后攻入北京。

三

当晚，内监入报，太监曹化淳开了彰义门，并同给事中光时亨迎贼入城，皇帝听了，悲愤如火，狂笑数声，忽又泣下，饮食不进，独在殿廷中，不令有人在旁，太监一个个的缩瑟在苑中。但见一人双目深陷，长眉愁锁，两颧突出，短须重重，在烛光闪灼下踱来踱去。

一更天的时候，忽来一不常在左右的太监，战声报道：

"皇爷，闯兵马上要进内城了！"

皇帝神志已乱，仓皇问道："李国桢的兵呢？"

"皇爷那里还有兵？襄城伯带著大营出城就溃散了！他自己被擒去了！皇上要赶快走！赶快走！"这太监奏后，回头飞奔而去，再叫他也不应了。

皇帝遂即同王承恩走到南宫，登万岁山，见烽火照天，四面红光,炮弹如流星,杀声、哭声、铁马声、大炮声,一时声震天地。皇帝一言不发,灰色的面孔,无光的眸子,直往四方看去。

这时周皇后,手里拿著节麾,绕各宫巡走,哭著叫著:

"天灾已到,大祸临头,你们有志气的,各人赶紧作各人的打算!"绕了两周,回到乾清宫时,适皇帝刚从万岁山也回到这里,皇后迎面哭道:

"我事奉你十八年,从不听我一句话,要是早作南去的打算,那有今日!"

"拿酒来!"皇帝没有理会皇后所说的。

袁妃[1]、皇太子同永王[2]、定王[3]都来到乾清宫,皆掩面哭泣著。太监捧酒肴上来,皇帝命一同坐下,连饮数金杯,时皇帝意志已定,目光炯炯有光,遍看皇后太子诸人,毫不觉得悲痛。忽见宫人,皆伏在地上,呜咽不止,遂大声叫道:

"你们还不走吗?去!去!"

因对太子、永王、定王说:

"现在我顾不得你们了！烺儿（原注：太子）、炯儿（原注：定王）你两个到周家去罢，炤儿（原注：永王）你到刘家去罢！现在社稷完了，使天地祖宗震怒，都是你老子的罪过。但是我也尽了我的心力，无奈文武臣子，各存私心，各顾自己，不肯先为国后顾家，所以才有今天！你们逃出以后，能够南去最好，不然，不必问祸福怎样，只要不背天理作去，我就放心了！"

皇帝说罢，与太子们[4]相抱恸哭，皇后顿时昏去，少顷醒来，又再三叮咛，太子们才再拜恸哭辞别了皇帝皇后。时有巨炮火弹，射进午门，轰然一声，有如天崩地裂一样，而金马呼号的声音，越听越近。于是皇后立起，伏拜皇帝面前，半（向）〔晌〕呜咽说不出话来，最后勉强低声道：

"再生见罢，能不生在帝王家才好！"

皇帝以袖掩面，什么话也没有说，宫女们遂拥皇后回坤宁宫去。袁妃亦回西宫。

皇帝马上出殿，先到寿宁宫，长公主正伏案啼泣，忽见皇帝走进来，放声长号，牵住皇帝的衣襟，皇帝也泣下不止，忽然左手掩面，右手拔出剑来，大声狂吼道：

"你为什么生在我家？"

一剑砍去，断了公主左臂，公主即时闷绝在血泊中，宫女大惊，奔著叫著：

"皇爷动刀了！"

皇帝提起血剑，直奔到西宫，见袁妃自缢，绳断掉在地上，刚刚苏醒过来，随又连砍三剑，黄袍襟上，全是鲜血，时手腕战栗，不能再砍下去，掷剑回走。及到坤宁宫，知皇后已经自裁，狰狞地笑道：

"好！好！死得好！"

说罢，狂奔回到乾清宫，刚到宫门，回头命宫女道：

"去，去，请张太后[5]娘娘快些！皇后已经死了！"

又命太监道：

"召王承恩来！"

承恩走进，一面令他陪著饮酒，一面挥左右宫人太监都到苑中去。时皇帝面上已无凶杀神气，又饮了几杯以后，慷慨的向王太监说：

"随我闯出京城去，现在太子出宫，皇后已死，了无拖累，回到江南，大事仍有办法！"少顷又叹息道："殉社稷并非难事，但是一死什么都完了。"

"是，皇爷所虑，正是恢复大计，可是朝廷大臣应护驾回去才是。"

"历代皇帝，有朕这样的臣子么？"不禁沮丧的说。

"我们走罢，我不能公然出东华门，得将衣履换掉。"

皇帝穿了便服，换上王承恩的靴子。承恩选出内监十人，令各持利斧，骑马出中南门，皇帝手执三眼枪，混在内监当中。由东华门奔齐化门，方到城门时，忽然箭如雨下，知是城兵不让通过，承恩大叫道：

"王太监奉旨出城，赶速开门！"

"半夜更深，哪有圣旨，奸细无疑。"守城内监在城上呵道，随著又是大炮，往前打来。立被阻止，无法前进。皇帝说道："齐化门归成国公朱纯臣[6]把守，先到成国府去罢。"绕到成国府时，承恩先行下马，走向阍人说道：

"皇上到了，急禀公爷接驾！"

阍人进去许久，出来说道：

"公爷宴会去了，还未回府！"

皇帝听了又是叹息，又是痛骂。于是回马奔至安定门，见守城无人，皇帝甚为惊讶，走进一看，才知城洞堆满砖石，坚固异常，不能启动。

不得已又回马从小胡同，绕回东华门。皇帝下马后，急命内监扶腋走上午门城上，顿时看见正阳门城上已经挂了三个白灯笼，遂立刻下城，声声说道："完了！完了！"这灯笼是前日皇帝在武英殿，密令守城官设的警号，内城受攻的时候挂一支灯，攻急的时候挂两支灯，内城破时便挂上三支灯。今内城已破，皇帝知道危机已经临头，时东方已露白色，因问：

"什么时候了？"

"正是五鼓。"王承恩说。

"咳，这不是平日早朝的时候么？去，去皇极殿，看看有谁来了。"

及至殿中，皇帝亲撞景阳钟不已，一时钟声和著枪炮声，送遍全城。可是撞了许久，文武百官，不见一人入朝。皇帝于是伏案急书纸，藏在身上，又向承恩耳边说了几句话，承恩立即泣下拟开口有所陈说，皇帝急以怒目止之，承恩低下头去。时外面的枪炮声，铁马呼号声，越逼越近。急令随侍内监道：

"你们逃罢！"

随手携著承恩走入内苑。时宫中秩序大乱，哭的，喊的，（杠）〔扛〕著包袱逃走的，披散著头发无所适从的，独有一姓魏的宫人[7]四处大呼道："马上贼来了，我们一定不会好的，有志气的，赶快跟我来，投御沟河死去！"顷刻间，从魏宫人死的有二百来人。

苑中夹道，黑暗异常，因内监各谋逃命，灯火自灭，已无人过问。皇帝扶著王承恩左背，跄跄走出后苑，直往万岁山（原注：即煤山）去，行经山麓时，皇帝已遍身是汗，气喘力软，即坐石上稍息。不久鼓力走到寿星亭。时天方曙亮，内城各门洞开，闯军正疯狂入城，炮声（疎）〔疏〕稀，火光已少，惟喊哭之声，有如海啸。遥见宫中树木新叶正发，晨光中已能辨出油绿的柳色，皇帝不禁心酸，霎时间过去十六年中的一切，都一一的（陈）〔呈〕现在面前，忽又一片漆黑，一切都不见了，只有漆黑。

"我待士不薄，到了今天，为什么没有一个人从我？"太息著说，"也许他们还不知道，不能赶到罢。"

王承恩早已倚在柱旁，掩面啼哭，几乎不省人事。皇帝走到承恩面前向他说：

"你拿出来！"

承恩哭声更恸，无意识的将琴弦绫带跪地奉上，遂伏地不起，不敢仰视。皇帝接过，走到寿星亭旁海棠树下，缓缓将冠袍脱下，露出黑色镶边的蓝短夹袄，白棉绸背心，白绸单裤，从容将琴弦绫带系在海棠树上，又用力往下一顿，觉树枝坚实，遂将头发散开，盖了面孔，缢死树上。承恩哭时，忽听宫中有了炮声，恐闯贼已经入宫，仓卒走到皇帝尸前，拜了四拜，也自缢死去。皇帝衣前，留下诏书一道，这是皇帝早在皇极殿草好的，诏云：

> 朕自登基十七年，逆贼直逼京师。虽朕〔薄〕德匪躬，上（于）〔干〕天咎，然皆诸臣之误朕也。朕死无面目见祖宗于地下，去朕冠冕，以发覆面。任贼分裂朕尸，勿伤百姓一人。[8]

原来太监曹化淳开了彰义门迎入贼将刘宗敏[9]后，守宣武门的王相尧[10]也大开城门，欢迎贼军。成国公朱纯臣同兵部尚书张缙彦又开了齐化门、东便门，跪在城门口，迎降贼军。所以三月十七日李闯王围了京城，十九日崇祯皇帝就丢了天下。

注

[1] 袁妃,袁贵妃(1616—1654),名不详,宛平人,明思宗贵妃,父袁祐。为清入关后,明思宗唯一在世有封号的遗孀,得到清廷的怜悯,赐其居所赡养终身。

[2] 永王(生卒年不详),朱慈炤,明思宗第四子,崇祯十五年(1642)封为永王。李自成攻入北京后不知所终。

[3] 定王(生卒年不详),朱慈炯,明思宗第三子,母孝愍皇后周氏,崇祯十六年(1643)封为定王。李自成攻入北京后不知所终。

[4] 此处意思应为"皇子们",即对太子和其他几位皇子的统称。下同。

[5] 张太后(1610—1644),张氏,明熹宗皇后,张国纪之女。明思宗登基后,上尊号为懿安皇后,封其父为太康伯。李自成进入皇宫后,不知所终,《明史》载其于寝宫上吊身亡。

[6] 朱纯臣(?—1644),凤阳府怀远县人,世爵成国公。崇祯皇帝于李自成攻陷京时,曾写诏书要求其统领诸君并辅佐太子。被李自成处死。

[7] 魏宫人,明朝宫女,未详何人,仅见清陆次云《费宫人传》曰:"有魏宫人者,年差长于费,亦端丽。"

[8] 计六奇著,魏得良、任道斌点校:《明季北略》(北京:中华书局,1984年),下册,卷20,页464。

[9] 刘宗敏(?—1645),陕西蓝田人,明末李自成军的主将。《鹿樵纪闻》记载,因刘宗敏强占吴三桂爱妾陈圆圆,而使吴三桂

拒绝归顺李自成。其后清军攻入大顺军老营,刘宗敏被清军俘虏,死于清军手下。

[10]王相尧(生卒年不详),明崇祯朝宦官,李自成攻陷北京时,任宣武门守门,开门迎李自成部队进城。

四

闯王李自成头戴毡帽,穿着缥衣,身骑乌(驳)〔驳〕马,丞相牛金星[1]、军师宋献策[2]、内阁宋企郊[3]等,各乘骏马随在后面,卫队马队一百余人,狂呼大笑,到了得胜门,转大明门,遂进紫(金)〔禁〕城,至承天门时,弯弓射去,大声叫道:"孤家若有天下,一箭当射中天字!"但飕的一声,只射中天字下面,即时低下头来,大不高兴,牛金星赶快鞭马上前道:"这正是平分天下之兆!"闯王听了,哈哈大笑。及到大内,太监曹化淳领了百来个内监长跪迎接,闯王又哈哈大笑一声,忽又放下脸来,叫道:

"你们背了主人,私自献城,不忠当斩!"

曹化淳等大惊,立时叩头道:

"太监等能知天命,故敢欢迎新王。"

闯王怒目大叫道:

"滚你们的,饶了你们的狗命!"

注

[1] 牛金星（？—1652），字聚明，河南人，举人，李自成天祐殿大学士，为李自成倚重之策士。

[2] 宋献策（？—1645），河南永城人，精通术数，排斥佛教，为李自成的军师。

[3] 宋企郊（生卒年不详），陕西乾州人，明末政治人物，崇祯元年（1628）进士，降于李自成。

五

闯王进了大内,五府六部同各衙门的文武官员即刻得到消息,但是新主对旧朝官员,究竟怎样态度,大家不免怀疑,有的派家人四出打听,有的找闯军里的同乡,拜托他在新王面前通关节,也有关著门忙著草劝进书,预备呈给新主。不久,正阳门外牛丞相出了告示:

> 仰尔明朝文武百官,俱于次旦入朝,先具角色手本,青衣小帽,额贴顺字,前来报名,我大顺皇帝应格外加恩,俾尔等王国顺臣,得沐再生之德!

这布告出来以后,自然轰动了文武百官,先是怀著一颗七上八下的心,马上平定了。各人欢天喜地,等著明旦朝拜新主,候膺新命。只有一样,这些文武百官,平日少有青衣小帽,于是京师帽铺里所有小帽,马上超过了往日梁冠、忠静冠、纱帽的价值,为了赶制青衣,裁缝也忙不过来,找不到裁缝的，只得让家中命妇娘子亲自动手。

一夜过去，不到四鼓的时候，文武官员，都戴上小帽，额贴黄纸顺字，身穿崭新的青衣，一群乌鸦似的，那知人数极众，统共一千二百人，就是在崇祯皇帝时的朝祭大典，到的文武百官也没有这样多。你拥我挤，有撕破青衣的，有踏掉靴子的，有的喘不过气来——捶著胸口，有的汗掉了额上的黄字块，忙著挖牙垢往上贴。守门长班见秩序纷乱，无法维持，破口大骂。

"你们这些该杀的犯官，天没有亮你们都跑来等死，累得老子瞌睡也没有困好，一点体统都没有，你们还是官呢？崇祯爷有了你们这一批东西，能不丢掉天下吗？"说著拿了木棍打出一条路来，"你们都瞎了眼，承天门还没有开，难道没看见吗？"

承天门久不开，百官们挨过一杠棍子一顿骂，乖乖的露天坐在午门外，先还彼此谈著，渐渐都有些困了，本来夜间就没有好睡，精神过于兴奋后，不免伸腰呵欠，不大能够支持。承天门忽然开了，百官们精神一振，正欲强著进去，守门（去）〔长〕班举起棍子大声嚷著：

"宋军师来了，犯官们跪下迎接，不许乱窜！"

百官一个个的笔直的跪下。见一个猢（孙）〔狲〕脸，铁青色，矮矮的，身穿绿花袍，后面跟著十来个壮汉，满身装裹著不同颜色的绫罗，百官都知道，这宋军师的外号是"矮宋"，他是李闯王的诸葛亮，最有权势，谁都知道他的厉害。有几位机警的，突然走到宋军师面前，规规矩矩的跪下，拜了几拜，问道：

"请问军师宋爷，新主今天何时出朝？"

矮宋听了，怒目四面一望，见乌黑一群半截身子挺在地上，心里又是气，又是好笑，随口骂道：

"不杀你们已经便宜了，等些时不耐烦么？"

百官们惊恐之下，不免有些惭愧，依旧笔直的长跪著，目送矮宋走进宫去。

百官又冷静下来，不免寂寞，远远的传来滴漏的声音，已经过了正午，百官们昏黑来时，有用过少许点心的，有为了抢先，顾不得吃的，此刻都觉得饿了，闯兵们知道这一群老爷们饥荒，有意的嘲弄道：

"老爷们等了多时，外面有卖面的，何妨来一碗呢？"

这人说罢，又有人接著说：

"还有羊肉片、炒鸡杂、苜蓿肉、白乾酒,都在正阳门口,我家万岁爷爷一时不得出朝,老爷们来二两罢?"

这乌鸦群即时骚动起来,真个想买点东西吃,肚子饱饱的,朝贺时也有精神些。但是闯兵们忍不住大笑道:

"老爷们,等著罢,我家万岁爷爷要在文华殿赐宴呢。"

"这是真的吗?"

"大概可靠,今天本是新主盛典,应该君臣同乐一番。"

"总之,肚子虽饿,心里却是快活的。"

引起老爷们自己一答一问的谈起来了,大家谈著正痛快的时候,户部侍郎党崇雅[1]、给事介松年[2]、御史柳寅东[3],头着方巾,身穿吉服,远远下了马,扬扬走来。大家见了,知道他们早在通州投降的,所以甚是得意,有人立起来向三人招呼,三人一味不睬,高视阔步的走进承天门了,大家目送著,煞是羡慕,心里后悔,何不早日设法降了闯王?三人进去不久,内里出来一个太监高声呼道:

"大顺皇帝宣光时亨、张缙彦、李(应)〔建〕泰、梁兆阳[4]、周锺[5]在文华殿陛见!"

光时亨等站起来，整整青衣小帽，摸摸额上的黄帖，得意的走了进去。将到文华殿，太监令站在石苑中等候，一些时，殿内另出来一太监，这太监名杜秋亨[6]，他早做了闯王的奸细，曾经劝过崇祯同闯王平分天下，可是崇祯骂道：

"情愿死不能割地！"

光时亨等过去同他都要好，于是不约而同的大家殷勤的笑著向杜太监长揖打招呼，杜太监略点点头，叫道：

"召见李（应）〔建〕泰！"

李闯王戴尖顶白毡帽，蓝布上马衣，脚踏鞘靴，独坐殿上，牛丞相宋军师等七八位列座两旁。李建泰拜了四拜，不敢起来，仍然跪著。闯王问道：

"你就是李督师么，你自请督师，崇祯亲自郊送，煞是阔气，为什么也来了？"

李建泰听了不免惊慌，连忙叩头道：

"那是下官金蝉脱壳之计，原想借督师为名，回山西报效陛下，故始终不敢同陛下交锋！"

"照你说来，为什么保定还在抵抗，不来投降？"

"那是知府何复[7]都指挥刘惠嗣等不识天命,顽抗王师,罪臣自听陛下入了京师,即进城逃来!"

李闯王听了回头(向)〔问〕牛丞相:

"他说的都是真的么?"

牛金星答道:

"李先生确是忠心,毕竟是先朝宰相,能识天命!"

李闯王欢喜道:

"好罢!你先下去,咱皇帝要重用的。"

李建泰出殿,接著召梁兆阳进去,原来他早说了他的山西乡亲,新主的吏部大臣宋企郊,递上了手本,兆阳叩头道:

"罪臣梁兆阳,崇祯庚辰年进士,官至检讨,先帝刚愎自用,以致万民涂炭……"

李闯王听了甚是高兴,立刻说道:

"咱皇帝只为这几个百姓,才起义兵,你说得对!"

兆阳又叩头道:

"我皇上救民水火,自山西到京都,兵不血刃,百姓皆箪食壶浆,以迎王师,真是神武不杀,直可比隆唐虞,若汤武,不足道也。小臣遭逢盛世,敢不精白一心,以答知遇殊恩。"

闯王大大欢喜,牛丞相也随著一旁凑趣。于是又招周锺,闯王不等周锺磕完头,就高兴的说:

"你周先生,牛丞相说□文章做得好呀!"因(向)〔问〕牛丞相:

"他劝咱作皇帝是怎样讲的?"

"比尧舜而多武功,迈汤武而无惭德!"牛丞相背著周锺的劝进文说:"他说,尧舜固然是圣人,可是他们赶不上陛下会打仗;汤武虽然打仗打得好,但是陛下比他们打得更好!"

闯王哈哈大笑,牛丞相又说道:

"周先生的文章,天下举子谁没读过,真不愧复社的大将,三十年的老名士。"

周锺听了又是快活,又是感激,慌忙叩头道:

"皇上圣恩,丞相奖掖,小臣实不敢当!"

周锺以后,张缙彦、光时亨相继召入,闯王依然说了一番马上就要重用。遂一同出了承天门，各人心里都痒痒的，忽见午门外乌鸦鸦的一群，个个倦容满面，大大的狼狈，顿时忘了自家也是从这一群飞出去的，遥遥的骄傲的走开了。

光时亨回到公馆，用了酒食休息一回，想到自己先阻止崇祯南迁，后又开门献城，这于大顺皇帝都是大功，虽未相从戎马间，但也算得开国一勋臣，今日陛见，皇帝甚嘉奖，将来入阁，自有希望。想到这里，精神异常愉快，于是高高兴兴的写了一封家信给儿子们，上段说如何如何受到新王知遇，下段说：

> 诸葛兄弟，分事三国；伍员父子，亦事两朝。我已受恩大顺，汝等可改姓走〔肖〕，仍当勉力凑书，以无负南朝科第！[8]

注

[1] 党崇雅（1584—1666），陕西宝鸡人，明末清初政治人物，天启五年（1625）进士，时任户部侍郎，明亡后投降于李自成。清顺治时，受天津总督骆养性举荐，受任原官，后调任刑部，卒于康熙五年（1666）。

[2] 介松年（生卒年不详），陕西商南县人，崇祯四年（1631）进士。

[3] 柳寅东（生卒年不详），四川保宁府人，明末清初政治人物。崇祯四年（1631）进士，授广东巡按御史。明亡后投降于李自成，顺治元年（1644）授原职。

[4] 梁兆阳（生卒年不详），广东顺德人，明朝政治人物。崇祯元年（1628）进士，改庶吉士，授翰林院检讨，升任詹事府詹事、左春坊右中允。

[5] 周锺，江苏金坛人，崇祯十六年（1643）进士，官至翰林院庶吉士。

[6] 杜秋亨，疑为杜勋（？—1644），受崇祯帝重用。

[7] 何复（？—1644），安徽砀山人，崇祯七年（1634）进士，崇祯十七年（1644）任保定知府。

[8] 计六奇著，魏得良、任道斌点校：《明季北略》（北京：中华书局，1984年），下册，卷22，页632。

六

当光时亨等得意的时候,正是午门外的乌鸦群似的百官受难的时候。他们从昨天五鼓直到今天五鼓,没有吃,没有喝,三月的天气虽然不冷,然在夜露之下,又是凉风,又是潮湿的砖地,所以从屁股冷到脑门,大家互相偎倚著,打著盹儿,好不容易的等到天亮,东方出了太阳,大家冷僵了的身体,才舒暖些。又嘈杂起来,彼此谈著:

"新主今天也许会临朝受贺罢!"

"昨天不受贺,也许没预备好。"

"老年翁说得对,授官封爵,都在这一天,岂能草草!"

"是的,就是上谕也得预备好几篇呀!"

"以前学生在内阁,崇祯登基的时候,我们就忙著预备好几天!"

也有人静静的幻想著：我们做官的不能没有官做；做皇帝的自然也少不了臣子，新皇帝是马上得天下，他左右那里有现成的文武百官？五府六部，事情多得很，少不了我们的。从昨天早晨到今天早晨，虽然凄惶，而且受了许多欺侮，但是大丈夫要能屈能伸呀。听人说大学士范景文投井了，户部尚书倪元璐[1]上吊了，真不值得，太傻了！孔夫子在春秋时候，一车两马，跑来跪去，为的还不是做官吗？后来叔孙通背了秦始皇，带了学生们穿了短小袄随著汉高祖，才是儒者的精神呀！什么叫做"圣之时"，就是认清时会，不要太迂执了！眼看天下一统，从龙从虎，不是我们以官为业的，还有谁？像大顺皇帝的牛丞相，他就是天启七年的举人，宋吏部大臣不特是崇祯元年的进士，还是吏部郎呢！眼前我们就要跻在勋臣之列，真是千载难逢的机会！

景阳钟忽然响起，躺在地上的乌鸦群，即时起来，抢进午门，不防午门已经站了许多闯兵和内监，以及举著棍子的守门站班，内监喊著：

"不许拥挤，一个一个进来！"

李闯王等戴著冕冠，穿上袍冕，巍然坐在皇极殿上，牛丞相、宋军师列座两旁。山呼拜毕。内监喊道：

"你们先站在西边,点过名要录用的到东边来!"

牛丞相拿了一部《缙绅录》乱点著,见是新科出身而且人物魁伟的,都让站在东边,然后从东华门出去。凡不录用的,令闯兵二人,拿刀押出西华门外等候发落。这时闯王忽见词臣卫允文[2]、杨昌祚[3]等剪去头发,不僧不道,尺来长的尾巴,拖在后面,不觉怒喝道:

"咱皇帝进城的时候,你们舍不得死,就是不忠。若圣人说,身体发肤,受之父母,你们毁了,算是不孝,这不忠不孝的人,留他怎的?"

牛丞相喝令闯兵道:

"把他们一个个的都拔光!"顿时涌出一群如狼似虎的兵丁,各人左手按头,右手拔毛,拔得满头鲜血,杀猪似的叫著求饶,堂堂皇极殿的宫苑,俨然成了屠宰场。任凭千般啼叫,叫到声音呼哑,也无人理。闯王看了这般情形,反而大乐。顷刻之间都拔光了,乃一双两双的数著,共有四十六对,九十二名。即时报知闯王,闯王交牛丞相处理,牛丞相即下令道:

"押送吏政府听候发用!"

被拔毛的九十二位老爷们，初不知生死，难免惶恐，忽听送交吏部发用，不由得破涕为笑，总算是苦尽甜来。

点名以后，即时传出旨意：

"凡不录用者，皆非善类，火急押往西四牌坊斩诀完事！凡预备录用者，先行回去，下午来文华殿看榜！"

注

[1]倪元璐(1593—1644),绍兴上虞人,天启二年(1622)进士,改庶吉士,授编修。李自成攻入北京,元璐整衣冠拜阙,大书几上曰:"南都尚可为。死吾分也,勿以衣衾敛。暴我尸,聊志吾痛。"遂南向坐,取帛自缢而死。

[2]卫允文(生卒年不详),陕西西安韩城人,崇祯四年(1631)进士。

[3]杨昌祚(生卒年不详),安徽宣城人,崇祯七年(1634)进士,累官至左中允,削发降清。

七

要被录用的,自然说不尽的欢喜,各自回家去了。但是不用的,真是一言难尽。当时一经传旨,兵丁即把他们用铁链拴起,五人一串,兵骑在马上,如赶猪羊一样□□。稍走慢点,即用刀背砍来。也有走不了的,晕倒在地下,踏作肉泥的。一路哭著啼著,叫天的,叫爹妈的,惨不忍闻,还有央告街坊替送口信回家,赶来收尸的,中途时,忽又传一道旨来:

"前朝各犯官,俱送权将军府中听候审讯!"

这权将军便是刘宗敏,他住的房子,正是田皇亲府。他正在同十来个伎女,饮酒欢呼,犯官们押到,他那里有功夫审问,依旧让各兵把他们关在一个屋里,等明天早晨发落。

第二天清早,刘宗敏派一头目点兵,共绑有八百多人。一个个的战栗的匍匐在正厅的院中,漫说不许站起,就是让站著,也实在没精神,饥饿两昼两夜,人人都是半死的样子,那里还起得来?

点过名许久,刘宗敏才带了许多卫兵出来,坐在正厅,匍匐地上的百官,也有抬头看的。见满厅都是兵丁,手中拿著明晃晃的钢刀,当中坐著紫红脸的大汉,相貌甚是凶恶。刘宗敏大声说道:

"你们都是前朝贪官污吏,本当送往西四牌坊斩首,我大顺皇帝慈悲你们,又令你们回来了。现在大顺皇帝新登基,前朝被你们弄得民穷财尽,捞不出油水来。现在要将你们的赃银一一追出,你们赶快将银子献上,不仅免你们死罪,还要录用的,你们要放明白些,不要自讨苦吃!你们有入过阁的,献十万来;院部京堂锦衣们,献七万来;科道吏部郎们,献五万来;翰林献一万来,部曹献五千来,这都是极少的数目,有忠心新朝,情愿多献,自当重赏!你们要是皇戚勋臣,却没有一定的数目,有多少都得献出来!"

刘宗敏说了,左右抬出几百架夹棍来。这夹棍非常(利)〔厉〕害,是连夜定制,专为这些老爷而设的。这夹棍夹在腿上手上没有不死去活来的,夹一次两次,尚不致死,如三夹四夹,不管你的身体怎么坚实,也会送命的。况且这一群百宦,平日都是养尊处优,那里受得了这样的罪?

这些百官们听到刘宗敏的话，又见了那么多的夹棍，不觉面面相对，毫无人色，若是送到西四牌坊，不过一死完事，这一来如何得了。其中有乖觉的，赶急报名，愿将银子交出。有吝啬的，央告以后，依旧将银子交出。也有真没有许多银子，夹得筋折骨碎没有命了。这堂堂的皇亲府第，居然成了地狱，哭叫之声，便前后左右街坊，日不能做事，夜不能安枕。但听街上人民，纷纷谈论，要不是煞星下界，这些百官们，那里会遇到这番折腾。

其中有一位魏藻德[1]，他是崇祯十三年的状元，现时位居宰相。在皇极殿点名的时候，他以为身是百官领袖，首先出来叩头，要求闯王录用，闯王见他相貌猥鄙，生就一双贼眼猴腮，有点不快，并未理会，所以也混在这一群了，刘宗敏知他是状元宰相，特地问道：

"你身为宰相，不应扰乱人民，以致断了崇祯的天下，真是奸臣。"

魏藻德辩道：

"罪臣本是书生，不谙政事，又兼先帝无道，所以亡了天下。"

刘宗敏勃然怒道：

"你以书生点了状元,不等三年做到宰相,崇祯那一点亏你,你骂他无道,给我打这没良心的嘴巴!"

左右举手就打,霎时间打得两颊红肿,齿落血流,随著上了夹棍,大呼大叫,有如杀猪一般。又命将这位宰相的夫人及少爷带来,各人也夹了两夹,可是只愿交出一万七千两银子,刘宗敏那里肯依,连三受了五天刑,终于脑浆裂出而死。

其中还有一位,便是崇祯的丈人嘉定伯周奎,先是崇祯派徐太监,请他助饷,哀告了许久,才献出一万两银子。当闯王进城,他的夫人及儿子知道国亡了没有好日子,一同上吊死去,独老国丈舍不得他的银子。但是闯王一进城,他的府第就被讨北将军袁牟[2]占据,一切东西都被没收,惟有银子还埋在地下。刘宗敏这天夹了他三夹,他再也忍不住说出了,竟在他花园地窟中掘出七十万两白花花的东西。

注

[1] 魏藻德（1605—1644），应天上元人，官大学士，曾任内阁首辅。李自成攻陷北京后投降，旋处决。
[2] 袁年，疑为李年（生卒年不详），河南杞县人，明末义军四起，率部众投靠李自成。

八

刘宗敏在田皇亲府拷夹百官，不到两天，居然夹出一千多万银子，宗敏报告了闯王，闯王更动了心，立命宗敏，凡已交户部录用的，只要知道有赃银可以追出，即行捕去追缴；街上富户大商，也得令其将银子献出。宗敏派了三千多兵丁遍在街上搜索，有些八字大门上已经贴了黄纸新（编注：以下空白）

九

这天[1],李闯王同牛丞相宋吏部等正在武英殿,受新榜举人朝见,甚是高兴。忽见刘宗敏前来,手里拿了十来张红纸条,一面交给牛丞相,一面向闯王说:

"西长安街居然发现许多先朝告示,定有奸人藏在京城,请皇帝下令搜查!"

牛丞相随即手举红纸告示读道:

"明朝天数未尽,人思效忠,于本月二十日,立东宫为帝,改元义兴。"

闯王听了笑道:

"他明朝东宫,早被咱监禁起来,那里还有东宫;况且他明朝天下,已被咱皇帝夺来,咱这八十万人马,他凭什么再将天下夺回。这一定是无知的秀才,有意扰乱人心,赶快号令兵丁沿街杀掉完事!"

忽然内监走进报道:

"宋军师来了!"

宋军师走入,闯王招手让他坐下,问道:

"吴三桂[2]怎样?"

宋军师接著说:

"吴三桂反复无常,先说投降,忽又变卦,他的兵已经入山海关了!"

闯王听了大怒:

"这小子真可恶,他的爹也不要了!好罢,咱皇帝明天御驾亲征,一定把他收拾了!"回顾刘宗敏道,"刘将军即刻传令咱家兵将,明天五更随咱皇帝东征!"

刘宗敏传令去了!

原来崇祯皇帝在时,看京师空虚,贼兵一来,无人抵御,而江南勤王诸军,一时难得招集,且道途遥远,也救(下)〔不〕了京师危急。只得将镇守关东的都指〔挥〕使吴三桂调回京师，因吴三桂部下有精兵十余万人，一向坐镇关东，防备满清侵入。为了集中全力，保卫京师，于是飞旨吴三桂，加封平南伯，要他星夜入关，迎剿闯贼。吴三桂接到旨后，心想闯王势大，纵横数省，非同小可，如果被闯王打败了，岂不是白白的丢了自家的实力？要想不奉旨，又不可能。姑且带了大兵，缓缓往关内前进。及大兵到了山海关时，京师外卫的昌平县已经失守；再经前进，到了（本）〔丰〕润县时，京师已经不保。吴三桂当即下令三军，赶紧开回山海关。遂屯兵关上，观望形势，闯王果有天下，自家拥有如许大兵，免不了裂土封王；不然，投降满清，也不失为一方重镇。

不数日，果然闯王差三桂旧部唐通[3]前来，拿了他的父亲吴襄[4]的信，信上说道：

> 尔既徒饬军容，顿兵观望，使李兵长驱直入；既无批吭捣虚之谋，复乏形格势禁之力。事机已去，天命难回，吾君已逝，尔父须臾。呜呼，识时务者亦可以知变计矣。我为尔计，不若及今早降，不失通侯之赏，而犹全孝〔子〕之名。否则，顿兵坚城，一朝歼尽，使尔父无辜受辱，（声）〔身〕名俱丧，臣子均失，不（尔）〔亦〕大可痛哉。至嘱至嘱。[5]

三桂看了，故意默然不语，唐通因言：

"老总兵在京师，新主十分优待，专等将军驾到，共襄大业，好做开国元勋，望将军速决大计。"

三桂仍然默默不语，忽退入内室，唐通不知所以，甚为惊异。少顷，左右拿出一封信来，并言：

"我家将军说，请唐爷就照信中意思回复老总兵好了，我家将军心绪不好，就请唐爷早日回京！"

唐通见信中写道：

"不肖男三桂上父亲大人膝下：国破君亡，儿自当以死报，今吾父谆谆以孝字督责，儿又不得不勉遵严命。谨待罪候旨处理，即请吾父上奏新主。男三桂百拜。"[6]

唐通见了大喜，即欲辞别三桂帐下诸人，忽又来人（台）〔召〕请入内室问话，唐通即随来人走进。三桂坐在虎皮椅上，从容问道：

"老总兵近况究竟如何？"

"老总兵近况一如先朝，新主常常请老总兵商量开国大事，甚受亲任。"

三桂听了，颇为喜悦。又问：

"小妾陈娘子[7]如何？"

"陈娘子已经入宫，闻新主即将册封为贵妃。日后将军入朝，陈娘子自当在新主面前，替将军多说好话。"

三桂听了勃然大怒，拔出剑来，击案大叫道：

"大丈夫不能保其室家，还有什么面目生存在世间，刚才的回信，赶快交来！烦你回去向老总兵说，他不能尽忠于国，我也不能尽孝于家了，从此我吴三桂同闯贼，有不共戴天之仇。我马上带领大兵入关，要他闯贼知道我吴三桂的英雄。"

唐通见三桂来势凶恶，只有将回信交还，悄悄的退出，连夜赶回京师去了。

这陈娘子名圆圆，先是秦淮的歌伎，后为崇祯的田妃[8]的父亲田畹所得。一次三桂入朝京师，田皇亲因为三桂拥兵关外，甚得朝廷重视。当流贼横行的时候，将来国家一定会用著他，因想结交三桂，一旦京师有事，还可仗他保护[9]。三桂早慕田府歌伎有名，可是田府前来邀请时，三桂故意摆出大将的架子，不愿同皇亲等往来。这使田皇亲更加殷勤，三番五次的邀请，才答应了。这天三桂身著戎装，气象威重，带了卫队人马，前来赴宴。田府大开筵席，竭力奉承。可是酒过三巡，三桂即起身告辞。田皇亲再三挽留，连换数席，都是笙歌舞伎，而三桂仍旧傲然不以为意。最后引入后堂，时已黄昏，华灯初上，歌姬舞伎，又换一班，个个都是美秀异常。惟有一人虽薄施粉脂，却风韵超绝，统率诸美人，独先歌奏，情艳意娇，三桂不觉神魂飘荡，两目直视，一位生龙活虎似的将帅，忽然变成一个泥塑木雕的菩萨，陪筵官员，知吴将军心有所属，不敢多言扰乱三桂；田皇亲急令左右捧上轻裘，三桂欣然换下戎装，重行入席。因笑著问田皇亲道：

"这位美人就是有名的陈圆圆罢？"这话未了，即刻收了笑容，说："老皇亲有这样倾国的美人，不怕外人抢夺吗？"

田皇亲一时惶急，不知如何答覆，但命圆圆行酒，圆圆走到三桂席前，三桂故用苏州白调问道：

"侬喜这老头哉！"

"红拂尚不喜越公，况不如越公的吗？"圆圆低声答道。三桂被感动的会心的笑了一笑。这时忽有警报传入，说李自成在山西称帝以后，将西进娘子关，入犯京师，田皇亲大惊失色，遂即离席向三桂长揖道：

"将来寒族还要仰仗将军庇护！"

三桂得意的大笑道：

"公能将圆圆见赠，我当先保公家，然后保国！"

田皇亲又是一惊，说不出话来。席上有些大臣，都是迎合三桂的，哄然说道：

"圆圆还不下拜吗？区区等甚为荣幸，今天做了吴将军的媒人！"

三桂随即退席辞谢，田皇亲不得已用细马香车送了圆圆同三桂回去。

三桂要回山海关防地的时候，本想将美人带在身边，恐圆圆受不了关外苦寒，因将圆圆留在京师家中；这时三桂的父亲吴襄在京师提督御管兵，三桂虽然不忍同圆圆分离，为了爱惜圆圆，只得先行出关，等到春暖再接她去。及李闯王占踞京师，一面知道三桂有十万大兵在山海关附近，一面又听说圆圆是天下绝色，当命刘宗敏将吴襄擒来，逼他将圆圆交出后，又命他写信召三桂前来投降。（召）〔招〕降本在三桂意料之中，那知劫了他的圆圆——好像割了他的心肝，使三桂不得不起来反抗大顺皇帝了。他也明知李闯王拿了他的父亲要挟他投降，可是崇祯皇帝都顾不得救，还管得许多。所以李闯王说他的爹也不要了！

李闯王带了权将军刘宗敏、龙护将军王漪清[10]、左先锋苗人凤[11]、右先锋祖有光[12]、前先锋管抚民[13]，统共人马八十万人。吴三桂的父亲也系在军中。三桂大军正开到永平时，刘宗敏统领各将迎头赶上，大小打了十三仗，因众寡不敌，三桂直往后退。闯王大兵直向前进，于是将山海关紧紧围住，三桂不敢迎击，静待辽东援兵。闯王打算趁胜攻下山海关，因分大兵一队，从关西一片石出口，突击山海关外城，关内正存岌岌不保之际，辽东九王爷[14]统帅大兵赶到，三桂见了九王爷，真如再生父母，急令全军削去头发，换做清兵装束，有来不及者，即用白布三条，缠身为记。吴军自（清）〔请〕为前锋[15]，九王爷指挥大军居后，英王[16]统率二万铁骑队从西水关进兵为左翼，豫王[17]统二万铁骑队从东水关进兵为右翼。这时三桂胆气大壮，开关延敌，同闯军大战于一片石。两军厮杀正酣之时，忽然炮声一响，左右两翼大兵齐出，人人手挥白标枪，如狼似虎，左右夹攻，吴军知是两面伏兵出动，更加奋勇。李闯王见吴军来势甚猛，急登高冈上一小庙观战，但见白标军，如风起潮涌，所到之处，东冲西击，如入无人之境。闯王煞是惊异，时旁边有一和尚说道：

"这（决）〔绝〕不是吴军，定是辽兵，皇爷应急避其锋。"

这和尚一落音，果然闯兵四处逃窜，遍地尸体，遥见数兵抬一人身，上面盖著权将军的大旗，闯王知道他的大将刘宗敏受了伤，心头一急，不觉狂叫一声。赶急下冈，只带十余骑往永平县逃去。英王、豫王又急令三桂追去，闯王到了永平县，知三桂后面追来，不敢停留，于是一天一夜，人马不息，逃回京师。京师外闯王原设有十二道防线，一时被三桂连连破了八道，闯王大惧。忽然三桂的父亲吴襄被数人拥到城上，披头散发，两手背后系著，形容憔悴，眼泪汪汪的呼叫著。闯王原想拿吴襄来要挟三桂退兵讲和，可是三桂并不理会，飕的一箭射杀了拥在他父亲右边一人，再一箭又射杀了左边的一人。闯王大怒，当将吴襄杀了，头悬在城上；少顷，又见三桂全家三十余颗人头，也挂在城上，三桂见了，不觉心头一热，痛哭回了大营。李闯王回到京师，也大大懊悔，本想一鼓擒了三桂，那知他借了清军兵马，这一大败，京师如何能守，只有同牛丞相商量，打算退回山西老巢去。

　　原来辽东国主自从得到了李闯王入踞京师的消息，就派了九王爷同豫王、英王带了十万大兵西进，预备趁机入关，观望形势。适逢吴三桂因爱妾圆圆被掳，一心要想复仇，又知道自己力量不够，于是派使前往东国求救，途中正遇著九王爷带领大兵驻在欢喜岭。九王爷听了使者一番请求援兵的话，心中一面盘算，一面高兴，故意冷然说道："你们明朝文武，向无信义，究竟你们是什么意思，我那里知道，如何能派大兵前往!"九王这样说,固然是探听吴三桂请兵的真意,一面也因为以前辽兵三次围攻京师,竟没有打下,现在李闯王居然攻下京师,其势非同小可,恐东兵不是敌手,白白丧了兵马。但是九王越不答应援助三桂,三桂越是请求,连连派了八次使者,都没有结果。最后三桂想,单派使者没用,决定亲自前去。三桂见了九王,九王知道他是真心求援,正好利用机会,坐收渔人之利,可让三桂先同闯兵迎战,若敌得过,东兵即赶上夹攻;敌不过,就并了三桂的兵,随即回到关外,李闯王也奈何不了。因向三桂说:

"将军想建大功,本国原可发兵助战,但恐成功以后,将军又将本国扔在一边。所以本国迟迟不愿发兵,正为来日难处,不得不请将军想想!"

三桂毫不踌躇的答道:

"三桂已经国破家亡,以后倘得成功,削平闯贼,自当效命新主,以图报答。"

九王大喜,一面命洪承畴[18]等款待三桂,一面下令预备出师。于是三桂削了头发,打了辫子,换上马蹄袖的满人装,堂堂一位大明平西伯,顿时变作辽东九王爷殿下的一个新贵。而洪承畴等更引为新的同志,招待益加殷勤。

李闯王果然弃了京师，在皇宫放了一把火，带领兵马直往西窜，三桂知京师起火，定系闯王弃城逃走，赶急统帅大兵分途追去，闯王兵马逃至定州清水河时，三桂大军紧紧追上。闯王急令锐将军谷大成[19]迎战，驰马向三桂奔来，三桂一剑挥去，大成头颅飞去，接著放出一箭，又将闯王右先锋祖有光射倒马下，三桂（褊）〔偏〕将赶上，将祖〔有〕光活活剐死。闯王见顷刻之间，折了两员大将，不敢恋战，收兵驰马而逃。三桂也不敢穷追，即在定州驻下，取了闯将两颗首级，祭了父亲同家人，将夺下来的金银，散给将士。打算即回京师，探询圆圆下落，不意九王又传下令来，命会同辽东巡抚黎玉田[20]，合力把闯王追进娘子关，才许班师。

　　三桂命人探得闯王屯兵真定休息，遂同黎玉田兵分两翼前进，到了真定，直逼闯王大营。闯王因三桂逼迫甚紧，大为愤怒，骑著乌驳马，驰到阵前大叫道：

　　"今天咱老子同你吴三桂决一死战，但是不要清军助战，才算得好汉！"

　　于是金鼓齐作，杀声如雷，从辰时到酉时，整整杀了一天，斩了闯王三员大将，杀死一万多兵。可是闯王仍挥兵前进，并不后退。会东风大起，黄（砂）〔沙〕漫天，闯营旗倒马翻，自相践踏，闯王见势不支，正待收兵，不（妨）〔防〕

三桂一箭飞来，射中胁间，大叫一声，掉下马来，左右裨将扛起就逃，闯兵知道闯王受伤，更加崩溃，三桂大胜回营。

三桂班师途中，忽见前时派回京师的部将飞骑迎来，言访得了陈娘子，已由兵丁护送前来，正在途中，三桂大喜，就在行军大营结扎彩楼，连夜赶制绣衣，预备一切，圆圆到时排列旌旗箫鼓三十余里，乘香车亲迎。于是大宴诸将，赏赐无算。

注

[1] 底本作"一天",据《亡明讲史稿》本改为"这天"。

[2] 吴三桂(1612—1678),江南省高邮县人,明崇祯时为辽东总兵,封平西伯,镇守山海关。1644年降清,引清兵入关,被封为平西王。1673年叛清,发动三藩之乱,1678年病死。

[3] 唐通(?—1664),陕西泾河人,崇祯时为总兵将军,先降李自成,被吴三桂击败。后归顺清朝,封定西侯。

[4] 吴襄(?—1644),天启二年(1622)武进士,高邮人,明末辽东总兵,吴三桂父亲,为祖大寿部属。后因吴三桂引清兵入关,大败李自成,为李自成所杀。

[5] 节录自计六奇著,魏得良、任道斌点校:《明季北略》(北京:中华书局,1984年),下册,卷20,页493—494。按:底本划去"犹"字改作"有"字,但此处依《明季北略》作"犹"字。

[6] 佚名:《吴耿尚孔四王合传》(北京:北京图书馆出版社,2005年,《明清史料丛书八种》影印《明季稗史汇编》本),页1下。

[7] 陈娘子,陈圆圆(1624—1681),时称"秦淮八艳"之一。崇祯时外戚周奎派遣田贵妃父亲田弘遇(?—1643)下江南选美。名妓陈圆圆为其中献给崇祯皇帝的美人之一。日后吴三桂见陈圆圆貌美,纳为妻妾,后来据传李自成攻入北京,手下大将刘宗敏将陈圆圆掳走,使吴三桂"冲冠一怒为红颜"引清兵入关。

[8] 田妃,田秀英(1611—1642),明思宗宠妃。田畹,即田贵妃父亲田弘遇,江苏扬州人。田秀英封为贵妃后,官封左都督。

[9]《亡明讲史稿》本作"保家"。

[10]王溮清(生卒年不详),李自成麾下将领,山西人。据《明季北略》载,李自成部有十二将。王溮清其一也。

[11]苗人凤(生卒年不详),李自成麾下十二部将之一,陕西人。

[12]祖有光(生卒年不详),李自成麾下十二部将之一,湖广人。

[13]管抚民(生卒年不详),李自成麾下十二部将之一,湖广人,为宁夏总兵官。

[14]九王爷,多尔衮(1612—1650),满洲爱新觉罗氏,努尔哈赤第十四子,1626年封贝勒,后因战功封和硕睿亲王。1638年南征明朝。顺治七年(1650)死于塞北狩猎途中。

[15]底本作"清",据《亡明讲史稿》本改为"请"。

[16]英王,和硕英亲王,阿济格(1605—1651),满洲爱新觉罗氏,努尔哈赤第十二子,1626年因功封贝勒,1636年进封为武英郡王,1644年与大军一起破李自成,封为英亲王。

[17]豫王,和硕豫亲王,多铎(1614—1649),满洲爱新觉罗氏,努尔哈赤第十五子,1644年随大军入山海关,大败李自成,后攻南明,俘虏南明弘光帝,封和硕豫亲王,为清代十二家"铁帽子王"之一。

[18]洪承畴(1593—1665),福建南安人,万历四十四年(1616)进士,累迁陕西布政使参政,崇祯时官至兵部尚书、蓟辽总督。在松锦之战后降清,成为清代首位汉人大学士。

[19]谷大成(生卒年不详),据《明季北略》载,仅知其为四川人。史无记载。

[20]黎玉田(1595—1650),崇祯元年(1628)进士,陕西乾州人,松锦之战后,担任明最后一任辽东巡抚。

十

当三桂西逐闯王之际,辽东九王悄悄进了京师,在武英殿住下。这一来又骚动了满城的文武百官,先前投降闯王,后来见闯王站不住,受了许多苦楚,换来的富贵,成了一场春梦,不免个个懊丧。及知吴三桂降了辽东,九王爷带了重兵入朝,闯王虽然逃跑,天下却不是姓朱的了,眼见新主前来,正是为人臣的择主而事的机会。九王爷既然入居禁城,这些大臣马上骚动起来。前户部侍郎王鳌永[1]、前兵部侍郎金之俊[2]领了一群官儿们,投职名入拜九王爷,九王爷受拜以后,但言:

"你们不必惊慌,各官仍然照旧办事!"

各官原预备了一番话,想讨新王喜欢,见九王爷说了话后,即入内宫,只得一个一个的默然而退。

官儿们知九王现是王爷位分,必须登极才算一国之主,于是大家又忙具劝进表，请九王即日登基，这正是几十天以前，百官上李闯王的一套。可是九王爷不特不受劝进，并且不令百官进见。百官不得已请见东（国）〔官〕的内院大学士范文程[3]，文程笑道：

"九王不是皇帝，我国皇帝，去年已经登极，今年正是我国顺治二年，用不著劝进了！"

文程此即厉声说道：

"九王爷令你们文武百官，在帝王庙为崇祯皇帝设立灵位，许你们明朝臣子哭祭三天。三天以后，你们都得剃了头发，换上东国衣冠，倘有违令的，即按不知天命，违抗本朝论罪！"

这些百官，惟恐不被新朝录用，既然九王爷有令，无不乐于遵从。不久，东主旨到，命九王爷为摄政王，百官欢喜，以为天命有归，大统已定，各自忙著怎样给新王效忠了！

注

[1] 王鳌永(1588—1644),山东淄川人,天启五年(1625)进士,累官至通州巡抚。降清后任山东总督。

[2] 金之俊(1593—1670),明末清初政治人物。南直隶吴江人,万历四十七年(1619)进士,官至兵部侍郎。明亡降李自成,之后归顺清朝。

[3] 范文程(1597—1666),沈阳人,与其兄范文寀并为沈阳县学生员。清初重臣,1618年努尔哈赤攻占抚顺时,主动投靠努尔哈赤,曾任大学士、议政大臣等职。对于清初制度订立贡献极大。

十一

当摄政王乘机占领京师的时候,明朝的正统却早在南京建立了。崇祯皇帝三月十九日殉国的消息,至下月十二日才传到南京。时南京参赞机务兵部尚书史可法[1],会同诸大臣议立新君,仓卒之间不能决定。因为当前有两位王子因闯贼乱时,逃来淮上。一是福王[2],他是崇祯皇帝之兄,一是潞王[3],他是崇祯皇帝之叔。若照神宗的系统序下来,就应当立福王;若照贤愚来论,最好是立潞王。可是总督凤阳兵部侍郎马士英[4],他正要利用福王的昏愚,好学曹孟德的故事,所以极力主张立福王。这马士英原是进士出身,官至都御史,因为行贿被参了官,流落在南京,同天启间的太常少卿阮大铖[5]最好。阮大铖原是魏忠贤的党羽,崇祯即位杀了忠贤,大铖就犯了逆案被参下来。闲了十七年没官做,闷得发慌,写了一副对联挂在屋里道:"无子一身轻,有官万事足。"[6]就因为求官心切,常常钻营再起,终因名挂逆案,无人敢推荐他。崇祯十四年奸相周延儒[7]再入政府,阮大铖自知无法出头,于是替马士英运动再起,他同士英,本是狼狈相依,士英一旦得志,他就可以爬起来了。果然,马士英得了凤阳总督,有了兵权,大铖遂与士英勾结四镇总兵黄得功[8]、刘泽清、刘良佐[9]、高杰[10]等,他们俨然成为江南武力的领袖。阮大铖正想怂恿士英,要挟朝廷,夺取政权;适逢闯贼入京,皇帝殉国,南京大臣议立新主,以为机会到来,素知福王昏庸,正可奉为傀儡;而东林党的领袖钱谦益[11]也日日奔走阮门,参与阴谋。这钱谦益是阮大铖的前辈,又是大铖的政敌,因为知大铖即将得志,就拜在门下。

当史可法等议立未定的时候,士英派重兵送福王直抵南京郊外的燕子矶,南京城中的百官得报后,措手不及,只得前往迎接。福王五月一日到的南京,三日就监国位,十日即皇帝位,国号宏光[12],江南偏安之局,就此开始了。士英以为拥立有功应入阁拜相,可是当时南京大臣都推史可法,仍令士英督师凤阳。朝命下后,士英大愤,当将"七不可书"上奏宏光皇帝,说这是史可法等攻击皇帝的铁证。先是南京大臣议立时,认为福王有七点不可拥立的原因,就是贪、淫、酗酒、不孝、虐下、不读书、干预有司七点,这七点都是事实。马士英一面拿这七点在宏光面前攻击可法,一面促使总兵(昌)〔高〕杰、刘泽清等上书朝廷说淮阳有事,请命可法前去坐镇。可法亦知这是士英主使,但这些骄兵悍将,都是士英腹心，恐果真激起变乱，只得自请督师，出镇淮阳。可法离了南京，马士英当及入阁辅政。士英马上荐了阮大铖为兵部尚书；钱谦益为礼部尚书。阮大铖从此专门同士英倾轧朝廷一般正臣，钱谦益自然十分感激大铖。一天带了他宠爱的夫人柳如是[13]拜谢大铖，大铖设宴款待，如是本系秦淮河的伎女出身，大铖也是风流人物，席上笙歌弹唱，宾主都是忘情的欢笑。谦益见阮老师高兴异常，如是也毫无忌惮的唱著笑著。而自己呢，已是六十老翁，脸色焦黑，白发龙钟，不能弹，也不能唱，光会作诗，这时又用不著，心里痒痒的，却拿不出什么花样来，虽然心里总是高兴的，难得阮老师喜欢，将来还要求阮老师进荐入阁做宰相呢。又见如是坐在自己身旁，阮老师却远远的坐在立位上，笑著向如是说："你坐得离老师这么远，去罢，老师旁边坐去，好给老师斟酒呀！"如是果然姗姗的走到大铖身旁坐下，亲举玉杯劝大铖饮酒，大铖乐得又是笑又是感激，直到酒席散后，正要辞行，大铖当命家人捧出珠冠一顶赏给如是，谦益见这珠冠上面嵌的完全是宝石珍珠，灿然照目，名贵无比。自己连忙同著如是躬身拜谢，大铖也忙说："这寒俭得很，权作敝老师见面的礼物罢！"

宏光建国之时，史可法同户部尚书高弘国[14]、工部尚书程柱[15]、翰林院侍读姜曰广等，原想一心辅政，从事恢复，不意马士英内结阮大铖、钱谦益，外结四镇总兵，一意贪赃纳贿，谋陷正臣，这位宏光皇帝，又日居深宫，只知酒色。自从史可法被要挟离开政府以后，朝廷一般大臣，更加势孤，士英、大铖总觉得他们在朝廷里碍眼，于是又令他们党羽在宏光面前说高弘国等坏话，说他们结党欺君，把持朝政，无人臣体，宏光也信以为真。弘国等知道不容于朝廷，只有相继告去。而姜曰广[16]临去的时候，还愤愤不平，上书道：

> 臣前见文武纷竞，〔既〕惭无术调和，近见钦案掀翻，又愧〔无〕能豫寝。遂使先帝十七年之定力，顿付逝波；陛下数日前之明诏，竟同覆〔雨〕。梓宫未冷，增龙驭之凄凉；制墨未干，骇四方之观听。惜哉（继）〔维〕新，遂有此举。臣〔所〕惜者，朝廷之典章，所畏者千秋之清议而已。[17]

从此朝廷一切事，都由士英、大铖包办，钱谦益也曾帮了不少忙，排挤朝廷正臣，但是士英因为他是东林党投降过来的，并不把他当作什么，宰相的梦自然破了，要不是常在阮大铖门下，"老师"叫得亲切，连礼部尚书也不能保呢。至于宏光皇帝，他天天同酒、女人、一群戏子，混在一齐，国家大事交给马士英等来管，乐得损心。听左右人说，天下女子莫过苏杭，于是告诉士英，士英赶即派出许多太监兵丁到杭州苏州，家家寻查，见有年青女子就带走，逼得上吊的、投水的死了无算。马士英又管得了什么国家大事，清兵已经安抚山东了，有人问他怎么一回事，他说："清兵才定京师，那里就会经营山东？真个定了山东，也不敢到南京来呀。"后来风声更紧，清兵要下江南了，又有人问他怎么办，他说"和就和，打就打，有什么不了的事？"他的宰相府，简直成了市场，想要官，容易得很，送了金子、银子、女人，官就到手了。就是后来声讨马士英有八大罪的宁南王左良玉[18]，其先还送过他赤金三千两，女乐十二人呢，他还进一步在朝廷挂了一块出卖官爵的招牌，试看怎样定价的：

武英殿中书九百两　　文华殿中书一千五百两

内阁中书二千两　　　待诏三千两

拔贡一千两　　　　　推知衔一千两

都督一万两　　　　　监纪职方各两万两[19]

宏光皇帝只要有钱用，更乐得同马士英等合股做这一笔生意。这生意自然比老百姓的杂货铺兴隆，主顾又多，本钱又不要，又是专利。前人有"采诗观风"的办法，为了要知道那时民间对于政府的观感怎样，作者权把当时的"国风"，

抄录几首给读者看看:

> 中书随地有,
>
> 都督满街走,
>
> 监纪多如羊,
>
> 职方贱似狗,
>
> 扫尽江南钱,
>
> 填塞马家口!

又有一首:

> 都督多似狗,
>
> 职方满街走,
>
> 相公只受钱,
>
> 皇帝但吃酒。[20]

还有一首《西江词》:

有福自然轮著,(原注:指福王)

无钱不用安排,

满街都督没人抬,

偏地职方多无赖。

本事何如世事?

多才不若多财,

门前悬挂虎头牌,

大小官儿出卖![21]

还有一副"离合体"的对联,据说这是宏光元年三月下旬有人夜半写在马士英宰相府中堂上的:

闯贼无门,匹马横行天下;(原注:指马士英)

原凶有耳,一人直捣中原。[22](原注:指阮大铖)

注

[1] 史可法（1602—1645），开封府祥符县人，崇祯元年（1628）进士，历任户部员外郎、郎中。崇祯末担任南都兵部尚书，清兵入关后辅佐南明，并于弘光帝登基后任兵部尚书、武英殿大学士。1645年镇守扬州，失守后下落不明。

[2] 福王，朱由崧（1607—1646），为明思宗的堂兄弟。在明思宗殉国后，于南京即位，改元弘光，为南明弘光帝，但在位仅一年，清军南攻后被俘，于隔年（1646）被处决。

[3] 潞王，朱常淓（1608—1646），潞简王朱翊镠三子，万历四十六年（1618）袭封潞王。后被清兵斩首于燕京。

[4] 马士英（1591—1646），贵州贵阳人，万历四十七年（1619）进士。崇祯三年（1630）任山西阳和道副使，之后升宣府巡抚。随后因贿赂被革职，居南京。弘光朝时任内阁首辅。

[5] 阮大铖（1587—1646），直隶桐城人，明末政治人物，万历四十四年（1616）进士，天启年间官给事中，依附魏忠贤，攻击东林党人，崇祯时被罢官，因而开始创作文学作品。弘光朝时经马士英推荐官至兵部尚书。阮大铖别号圆海，"圆老"即指其人。

[6]〔明〕夏完淳：《续幸存录》（北京：北京图书馆出版社，2005年，《明清史料丛书八种》影印《明季稗史汇编》本），页3下。

[7] 周延儒（1593—1644），直隶宜兴县宜城镇人，万历四十一年（1613）会试、殿试皆第一。崇祯时任礼部右侍郎。曾劝崇祯帝剥夺东厂权力。崇祯十六年（1643）八旗军入侵，带兵驻扎通州，

于崇祯十七年（1644）被处死。

[8] 黄得功（？—1645），开原卫人，明末、南明将领，曾于清初作家孔尚任的《桃花扇》登场。崇祯十五年（1642）大败张献忠，升庐州总兵，随马士英平定河南永城叛将刘超，封为靖南伯。南明时，与刘良佐、刘泽清、高杰同列为四镇。弘光元年与清兵对战伤重，自缢而死。

[9] 刘良佐（？—1667），山西大同左卫人。本为李自成战将，崇祯十一年（1638）降明，封广昌伯。南明时，与黄得功、刘泽清、高杰同列为四镇。后降清，隶汉军镶黄旗。

[10] 高杰（？—1645），明末陕西米脂人。原是李自成部将，崇祯八年（1635）降明，封兴平伯，南明时与黄得功、刘泽清、刘良佐同列为四镇。

[11] 钱谦益（1582—1664），直隶常熟县人，万历三十八年（1610）进士，为明末清初著名文学家，与吴梅村、龚鼎孳称"江左三大家"，官至礼部尚书。后投入反清复明活动，于康熙三年（1664）病故。

[12] 宏光，即弘光，为南明政权之年号。明思宗自缢后，朱由崧于南京即位，改元弘光，是为南明政权。

[13] 柳如是（1618—1664），浙江嘉兴人，真实姓氏不详，自号"如是"，1638年结识钱谦益，后与之结为连理，于钱谦益病故不久后，自缢身亡。

[14] 高弘国，疑为高弘图（1583—1645），山东胶州人。万历三十八年（1610）进士。崇祯十六年（1643）任南京兵部右侍郎、户部尚书。

[15] 程柱，疑为程注（1584—？），湖广得安府孝感县人，明朝政

治人物。万历三十八年（1610）进士，累官工部尚书。

[16] 姜曰广（1584—1649），江西新建县人，万历四十七年（1619）进士，曾出使朝鲜。弘光朝官礼部尚书兼内阁大学士，清军入南京后回乡，自尽殉国。

[17] 计六奇著，任道斌、魏得良点校:《明季南略》（北京：中华书局，1984年12月），卷1，页41—42。

[18] 左良玉（1599—1645），山东临清人，崇祯六年（1633）为总兵。弘光朝时封为宁南侯。

[19] 南沙三余氏:《南明野史》（新北：文海出版社，1968年，《明清史料汇编五集》第2册），卷上，页23。

[20] 同上注，卷上，页23下。

[21] 〔明〕应廷吉:《青燐屑》（北京：北京图书馆出版社，2005年，《明清史料丛书八种》影印《明季稗史汇编》本），卷上，页4上。

[22] 南沙三余氏:《南明野史》（新北：文海出版社，1968年，《明清史料汇编五集》第2册），卷上，页40下。"原凶"疑应为"元凶"。

十二

皇帝宰相一天比一天麻木，政治一天比一天腐烂，清军的压迫却一天比一天紧迫，可是最痛苦的要算史可法了。他自从离开朝廷以后，只有睁著眼看著一（般）〔班〕同志被屠杀、被驱逐，自己无力挽救，那御外的大担子完全放在他一人身上，而马士英还不放心，马士英固然要把这担子推到他身上，却又怕他不嫌重真个担负起来。所以处处掣肘，怕他立了功，夺取政权。可法请饷，他不发放；可法用人，他借故干涉。他还令人弹劾可法，说可法讨贼无功，视为赘疣。当时有位大胆的秀才上书给宏光皇帝道：

"秦桧在内，李纲居外，宋终北辕！"

这寥寥的三句话，提供了历史的铁的证据，说明了史可法的前途，也说明宏光皇帝的命运！然而史可法又何尝不明白他的环境呢，但是他抱定了"知其不可为而为之"的精神，他要不顾一切的作去，所以史可法尽不管朝廷怎样腐败，马士英怎样把持，他仍然企图恢复中原大业。要想恢复，惟有政治改善，振作起来，试看他上给皇帝一篇有力的书：

〔钦命督帅史可法为时事万难分支，中兴一无胜著，密请恢复远略，激励同仇，〕以收〔人〕心，以安天位事。痛自三月来，陵庙荒芜，山河鼎沸，大仇在目，一矢未加，臣备员督师，死不塞责。晋之末也，其君臣日（关）〔图〕中原，而〔仅〕保江左。宋之季也，其君臣尽力楚蜀，而仅固临安。盖偏安者恢复之退步，未有志在偏安而遽然自立者也。大变之初，黔黎洒泣，绅士悲歌，痛愤相乘，犹有朝气。今兵骄饷绌，文恬武嬉，顿成暮气矣。屡得北来塘报，皆言清必南窥，水则广调艖船，陆则分布精锐；黄河以北，悉为清有。而我河上之防，百未料理，人心不一，威令不行，复仇之疏，不及于关陕，讨贼之诏，不达于北廷，一似君父之仇置之膜外者。近见（请）〔清〕示，公然以僭逆二字加于南，是和议断之难成也。一旦寇为清并，必以全力南侵。即使寇势鸱张，是以相扼，必转与清合，先犯东南，宗社安危，决于此日。我即卑宫菲食，尝胆卧薪，枕戈待旦，破（斧）〔釜〕沉舟，尚恐无救于事。以臣观庙堂之〔作〕用，与百执事之经营，殊有未尽然者。夫将之所以克敌者，气也；君之所以能驭将者，志也；庙堂之志不奋也，则行间之气不鼓。……忆前北变初传，人心骇震，臣等恭迎圣驾，临莅南都，亿万之人，欢声动地。皇上初见臣等，言及先帝，则泪〔下〕沾襟。〔次〕谒孝陵，赞见高皇帝高皇后，则泪痕满襟；皇天后土，实式鉴临，曾几何时，顿忘前事。先帝以圣明罹惨祸，此千古以来所未有之变也。先帝待臣以礼，驭将以恩，且变（书）〔出〕非常，在北诸臣，死节者寥寥，在南诸臣，讨贼者寥寥，此千古以来所未有之耻也。庶民之家，父兄被杀，尚思穴胸断〔脰〕，得而甘心，况在朝廷，顾可膜置。以臣仰窥圣德，俯察人情，似有（□高）〔初而〕鲜终，改德而见怨。以清之强〔若〕彼，而我之弱如此；以清之能行仁政〔若〕彼，而我渐失人心如此，臣恐恢复之无期，而偏安未可保也。今宜速发讨贼之诏，严责臣与〔四〕镇，悉简精锐，直〔指〕秦关，悬上赏以待有功，假便宜以责成效。丝纶之布，痛切淋漓，庶使海内忠臣义士，闻而感激也。国家遭此大变，皇上嗣承大统，原与前代不同，诸臣但罪之当诛，实无功之足录。臣于《登极诏》稿，将"加恩"一款，特以删除，不（竟）〔意〕领发之时，仍复开载，闻清见此示，颇笑之。今恩外加恩，纷纷未已。武臣腰玉，直等寻常，名器滥觞，于斯为极。以〔后〕似宜慎重，专待真正战功，庶使行间猛将劲兵，有所激励也。至兵行讨贼，最苦无粮，搜括既不可行,劝输亦觉难强,似宜将内库一切,尽行催解,凑济军需,其余不急之工役,可(己)〔已〕之繁费,一切报罢。朝夕之宴〔衎〕,左右之贡献,一切谢绝。(即)〔及〕事关典礼,万不容废,亦宜概从俭约。盖盗贼一日不灭,海宇一日不宁,即有宫室,岂能宴处;即有玉食,岂能安享;此时一举一动,皆人心向背所关,邻国窥伺所在也。必皇上念念思祖宗之鸿业,〔刻刻〕愤先帝之深仇,〔振〕举朝之精神,萃四方之物力,以并于选将练兵灭寇复仇之一事,庶乎人心犹可鼓,天意犹可回耳。臣待罪戎行,不宜复预朝政,然安内御外之本,故敢痛切直陈。[1]

这样的痛切陈词,有什么用?宏光皇帝不过令人批下"朕知道了"而已。后人都说可法这篇文章和诸葛亮的《出师表》一样的好,是的,他还想学诸葛亮呢。一次,可法问他的幕僚应廷吉[2]道:

"姜子牙、张子房、诸葛亮孔明是怎样的人?"

"三人皆王佐之才,不能评定优劣,各人成就不同,乃遭遇有利不利的关系。庞德公说:'卧龙虽得其主,未得其时'这话很对的。"应廷吉知道他注意的是孔明,所以特别提出说。

"陈寿不是说,'将略非其长'么?"又问。

"考之传记,孔明种种调度,出人意表,岂是陈寿所能看出。其他不说,但《出师表》上的'鞠躬尽瘁,死而后已,至于成败利钝,非臣所能逆睹'就这几句话,就是万世人臣的模范。"

"我领教了!"可法极严肃的说,忽又太息道:"先帝殉国时,我在南京,那时本该死了。转想国家为重,希望中兴,不料决裂到这种地步!"

作者看来诸葛亮孔明的遭遇固然比不上姜子牙、张子房,而史可法的遭遇更比不上诸葛孔明,试看阿斗的愚昧,却不像宏光样的淫昏;阿斗身边虽有几个幸臣,却不像马阮样的把持;蜀中的几员大将,却不像四镇总兵样的跋扈不听命令。史可法虽说是督师,但他指挥不了四镇总兵,刚将四镇调整,忽尔又生内哄,自己还得从中说好说歹做和事佬,诸葛孔明那有这样的遭遇?然而这里不是做"诸葛亮与史可法的比较论",且让作者将当时四镇总兵交代一下。

注

[1] 计六奇:《明季南略》(新北：文海出版社,1968年,《明清史料汇编四集》影印清刻本),卷7,页22下—25上。中华本见页109—111。

[2] 应延吉,疑为应廷吉(？—1645),天启七年(1627)举人。史可法于扬州时,曾为其幕客。

十三

上面说过，马士英拥立福王就是利用四镇兵权，到了福王即位，史可法见这些骄兵悍将，甚是可虑，想解除他们的兵权又怕酿出事来；若不加以限制让他们自由行动，终久是国家后患。想来想去，没有善策，只有各加爵位，使其知恩之划分防地，以明责任；己则调停四镇之间，使之慢慢就范，然后用其兵力，以图中兴。遂请之于朝，即照可法奏请分封：

封刘泽清为东平伯，管辖淮海，驻师淮北，海邳赣十一州县隶之，经理山东一带。

封高杰为兴平伯，管辖徐泗，驻师泗水，徐泗宿毫丰砀十四州县隶之，经理开归一带。

〔封刘良佐为广昌伯，管辖凤寿，驻师临淮，寿颍等九州县隶之，经理陈杞一带。〕

封黄得功为靖南伯，管辖滁和，驻师庐州，庐巢无为十一州县隶之，经理光固一带。

此四镇以外，占据长江上流的是宁南伯左良玉，因为他在上流，江南军事，尽属四镇。四镇额兵三万人，军粮二十万石，折色银四十万两，由各镇自向属地征收。看这样分法，简直是割据的局面，结果各镇兵额不只三万，征收粮银也在数倍以上。但是不这样分法，朝廷却无力量统制，若果朝廷渐渐把威权建立起来，自然四镇也会听命朝廷，不幸马阮一辈，只知为私，处处都是倒行逆施，四镇于是爵位越高，地盘越大，行为越恣肆了。单凭史可法一人从中调处，一方要做和事佬，一方还想借四镇兵力图恢复；结果是心劳日拙，自家一死完事。试看清兵三路下江南的时候，要是四镇总兵听命朝廷，史可法何用奔来奔去，终归灭止呢？

至于四镇总兵的来历，除了高杰外，倒都是军功出身。他是闯贼部下，绰号翻山鹞子。像貌魁伟，戆直凶暴[一]（原注：淫毒异常）。因同闯贼之妻邢氏私通，闯贼疑心，怕出祸患，遂携了邢氏投在洪承畴部下，那时承畴未降清，正任陕西巡抚，收了高杰，屡与流贼鏖战，甚得其力。他在四镇之中，兵力最强，其他三镇，他都不放在眼下。他觉得他的分地徐州非常苦寒，心想企图扬州。因为扬州人民又富足，又繁华，倘得驻师其地，不特自家可以快活半世，就是多年随身转战数省的将士，也可以心满意足了。这样好地方，却被史可法所有，心中大大不满。他又以为可法是被马士英撵出朝廷的，虽然是宰相的位分，已是失势的官儿，更加看不起。于是他派人向可法要求扬州，可法说，已经朝廷分过的，不能由著自己了。高杰见可法不理，益形忿怒，遂令部下直取扬州，淮抚黄家瑞[2]、守道马鸣騄[3]紧闭城门，誓不开城，他的部下遂将扬州城外的街市抢掠一空，城外人民未逃走的，几全被屠杀，掠去金银宝物，不下千万。时史可法正在南京，赶紧带了三千人渡江，直来扬州，高杰虽然轻视可法，究竟有些顾忌，命部下连夜将扬州城外的尸骨掩埋，怕可法见了责问。及可法到了，高杰谒见后，一面觉得他是位蔼然长者，既亲切，又坦白，觉得他是个好人，没有什么狠处，可以要挟他。但是可法仍旧不许他扬州。于是没收了可法的三千兵，将可法送到一座古庙里，终日令他的亲信拿刀守著，而可法却一点不怕，还是谈笑自若，高杰见可法要挟不动，又不敢杀了他，反而有些进退为难。终于，可法允许奏明朝廷，让其进驻瓜州[4]，高杰也就借此下台了事。

俗语说"不打不相识"，高杰自从这么以来，他倒认识了可法，他认为可法和马士英不同，马士英处处为了自己，这史老先生却处处为著国家，遂死心（踏）〔塌〕地的投在可法的门下了。这在可法呢，却等于用了一次苦肉计，因为他早想倚仗高杰恢复中原，为了这位老粗桀（傲）〔骜〕不群，难使归顺,常常虑在心头。忽见高杰倾心悔过,自然异常重视。高杰见可法宽宏大量,愈加亲密起来。

适逢有位德宗法师,他的道行甚高,高杰非常崇信他,拜他为师,自称弟子。一次可法同许多宾客都在高杰座上,高杰问德宗法师道:

"异日弟子能够不遭祸么?"

"居士出身扰攘,今归朝廷,身为大将,位至侯爵,这在居士,却不算什么。难得的,是居士跟著史居士。"

德宗法师向可法合十一拜:"这位史居士,在儒家就叫圣人,在我佛家就叫菩萨,居士一心一意听从史居士好了,问老僧有什么用?"

高杰听了德宗法师的话,越发敬佩可法。可法得了高杰,好像小说上的描写"如鱼得水",曾经高兴的同人说:"我能好好的训练高杰,国家大事怕没办法吗?"

还有一件,高杰固然凶暴,却怕老婆,他的夫人邢氏,就是夺李闯王的,其人聪明有见识,她早看出史可法是忠臣是好人,也曾劝过高杰归顺可法,现在更佩服老婆的见识。

时清朝安抚了山东后,派遣三路大兵深入,一路往山西,打算剿灭李自成，一路往徐州，一路往河南，打算侵掠江南。这下江南的统帅是清朝豫王，带领二十万人马，声势甚为浩大，黄河北岸，悉为清兵所踞。黄河防务，正值空虚，史可法因奏请朝廷委任高杰部下李成栋[5]、贺大成[6]、王之纲[7]、李本深[8]为四大将。高杰自己亦上疏朝廷，愿冒雪北进，屯兵归德、开封，东则可顾及邳徐，西则可以控制洛阳、荆州、襄阳，与睢州总兵取得联络，以奠定中原。朝令下后，可法即催高杰道：

"赶快去呀，河南防务完全交给你！"

高杰诚恳的回道：

"杰已将一身许公，毫无挂虑，不过部下、将士、妻子都露宿郊外，不免有内顾之忧，敢请迁入扬州城住。"

可法知高杰此时已无他心，即慨然答应，并将督师府西边让出，作为邢夫人公馆，初扬州（仕）〔士〕绅，听说高杰入城，不禁又有些振动，及见邢夫人带领将士眷属入城，秋毫无犯，乃又相安无事。

注

[1] 底本"凶"字与暴字上部件"日"误合为一字，据《亡明讲史稿》改为"凶暴"。

[2] 黄家瑞，滕县人，崇祯七年（1634）进士，崇祯年间任右副都御史，督理淮扬盐法军饷。

[3] 马鸣騄（生卒年不详），明代襄城县人，明末任扬州知府。

[4] 瓜州，底本无"瓜"字，据《亡明讲史稿》补。

[5] 李成栋（？—1649），山西人（一说宁夏人），原为李自成部将，同高杰一同接受明朝招抚。降清后，复反。后为清军所败，卒于阵中。

[6] 贺大成（生卒年不详），为高杰麾下大将之一。

[7] 王之纲，疑为王之刚（生卒年不详），顺天人，1645年任总兵。

[8] 李本深（？—1682），甘肃西宁人，南明时任总兵、提督。后降于多尔衮，清初时任贵州提督。

十四

高杰大兵到了睢州，即将大营扎驻二十里外，将王命大旗竖在城门外，下令道："有无故进城的，即在旗前正法！"果然纪律严明，兵民安堵。这睢州总兵许定国[1]，曾因兵多将众，未得封爵，常怀怨望，上书朝廷，说高杰是闯贼余孽，不应受封爵位。高杰听说许定国骂他是贼，他那暴烈的性情，如何容受得过，常怒道："我要是见了许定国，一定宰了他！"久之，这话自然也传到了许定国的耳边。但是这次高杰前来，心中却消下了旧日仇恨，可是许定国倒放心不过，又见明朝日衰，清势方在兴盛，遂打算杀了高杰投降清军。

高杰到时，许定国郊迎二十[2]外，表面礼节，异常隆重。高杰也送定国布百匹，银子千两。见定国有意排列的许多老弱兵将，不禁冷笑道：

"你有这些兵马，为什么不封爵？！"

高杰原是粗人，说话鲁莽，见许定国如此谦恭卑礼，他就有些轻视，顿时又想起往日嫌疑，所以信口说出，怎知定国早已布下了陷阱，正等候这匹大虫往下跳呢！

次日，高杰带了三百人入城，突然来一千户，拦在马前，递上一封书信，高杰命左右拆开一看，原来是告密来的。说许定国有意谋害，劝爵爷不要进城，高杰心怀坦白，那会相信，反在马前令人打了六十军棍，送给许定国杀了。许定国迎入总兵府后，谈了半天恢复大计，甚觉欢洽，忽尔说出：

"你可知道以前我要杀你？"

"知道的，但不知定国犯了什么罪？"

"你上奏疏，骂我是贼，这不算罪？"

"哈哈，"许定国故意笑道，"定国不识字，奏疏都是秘书代作的，定国那里知道上面说些什么？"

高杰于是毫无芥蒂的哈哈大笑，这在他提起旧事，并无什么恶意，说说而已；正如两个孩子打了架，彼此又亲切的述说一番打架时的心情。

高杰因请许定国杀猪宰羊，两人拜为兄弟。许定国当晚大开宴会，灯烛辉煌，人声杂沓。定国亲身陪在下席，另命其弟许泗[3]在府内前厅陪宴高杰亲信,这席上更形热闹,因定国预备了六百个伎女侑酒,每人身边都拥著两个,这些将士在雪地走了多少天,个个辛苦,当下遇著这样场合,简直到了天堂似的。莫不放情狂欢,忘其所以,只有主位坐著的许泗,神情大不自然,一时惊愕,一时假笑,面色忽红忽白,总是不安。他那副怪(像)〔相〕,竟(像)〔被〕[4]一位将士看出,这将士先以许泗没有见过什么大场面,人多受窘,也是常事,后来想到千户告密的事,心下一动,莫不是许定国果真要谋害主将么?于是悄悄离了宴席,走到后厅私地告诉高杰道:

"今晚宴会,见许总兵兄弟神魂不安,也许他不怀好意!"

高杰一面用手推这将士,一面低声说:

"去呵,那里敢!你们看他是虎狼,我看他同蚂蚁一样!"

高杰依旧坦然的同许定国饮酒谈笑,毫不防备。夜深,酒席散后,定国送高杰入寝室,并令侍女数人拥一美人进来,高杰会意,笑道:

"行军用不著女人,留在这儿,等我成功以后娱老好了。"

定国答应了,旋即辞去。

原来许定国的总兵府，是睢州大富人的公馆，曲房别院，重廊复室，共有数百余间。高杰的寝室四面都是复壁，定国早将复壁里布满甲士，漫说一个高杰，就是十个高杰走进去飞也飞不出来。那高杰的亲信将士三百人，却已安置别室，不在高杰左右，而寝室里只有管文书的数人，及两三个传事小童而已。

天方五鼓，许定国下令动手，伏兵四起，复壁中脚步声，房上撤瓦声，刀枪相碰声，混合著一片杀声，高杰梦中惊醒，急忙手取床头防身铁棍，不意铁棍已被窃走。时前后左右，俱是刀枪，杰转身夺取来人枪刀，纵横刺击，凡靠近其身者，皆被刺死，终至逼身受伤，被定国短刀杀死。至于那随身亲信三百人，因为狂欢过度，不等醒来，尽被伏兵杀死，一个个身首异处，无一全尸。

次日亭午，睢州城门全闭，城外兵将，亦略知城中主将有难，但因城门紧闭，不敢入内。又隔一日，李本深等八大将带了大兵围住睢州，时许定国已统领部下逃往河北，投降清军。李本深等见主将被杀，敌人又逃，愤恨之下，俨如疯狂，认为睢人同谋，遇人便杀，鸡犬不留。

时史可法方在徐州，消息传来，如裂心肝，大哭道：

"恢复中原，从此无望了！"

注

[1] 许定国（？—1646），河南太康人，崇祯年间官至山西总兵，南明时驻军睢州，1644年降于多铎并随其南征。

[2] 据文意此处应指二十里。

[3] 许泗（生卒年不详），许定国幼弟。

[4] 底本作"像"，据《亡明讲史稿》改为"被"。

十五

高杰死后,不仅史可法说恢复中原无望,并且江南几乎闹出乱子来。东平(侯)〔伯〕刘泽清和广昌伯刘良佐、靖南伯黄得功共分高杰兵众,但刘泽清胆小无大志,不敢发动。独黄得功闹得最凶,带领大兵,打算直取扬州,弄得南京朝廷也不安起来。

原来黄得功驻镇仪真,心下甚是不快,见丢繁富的扬州,独为高杰所得,时出恶言,至两镇感情,如同水火,几乎动起兵戈。从此时相猜忌,适有登莱总兵黄蜚[1]南调,道过扬州,惧被高杰劫持。因思得功是他旧日朋友,遂贻书得功,请他派兵迎接。得功见了故人来书,欣然带了三百马队北上,将在三叉河等候黄蜚,高杰听部下报信:"黄总兵带领兵马来了!"大惊道:"黄闯仔要袭劫咱吗!"当派一支兵马埋伏路旁,另派一支兵马走袭仪真。那黄得功本是迎接故友前来,那里知道高杰安下了埋伏。得功角巾缓带,从容道上,行至邳关外五十里,地名土桥,停下休息,并事午餐,忽然伏兵四起，慌忙上马，举起铁鞭，飞矢雨集，所乘千金价值的骏马，竟中矢跌倒。得功急忙腾上左右之马驰走。有一骁将飞马武槊赶到，得功大叫一声，回马反斗，那骁将以槊刺来，得功奋臂一举把它再回手掷去，人马顿成肉饼。又以铁鞭击死数十人，乃逃入一破墙之下，咆哮如雷，追兵不敢上前。于是鞭马急驰，回到大营，但从行的三百匹马，或被射死，或被劫去，匹马不留。至于高杰所派的另一支兵马，夜半才赶到仪真城郊外，守将丘钺、马岱探知，于城外多燃烟火，列置各处，作为疑兵，高兵见城中有备，不敢前进，又走了半夜，人马疲乏，扎营休息。马岱反乘其不意，开城出击，尽将高军歼灭。

黄得功逃回大怒，申诉朝廷，誓与高杰决一死战，朝廷不理，推交史可法排解。可法令监军万元吉[2]前往劝解无效，适得功母死，可法借吊丧为名，亲往讲和，同得功说道：

"土桥事变，谁都知道高杰不应当，现在将军一为著国事多艰，二为著太夫人新丧，消了盛怒，那么错处都归高杰，从此江南人民，不特都知高杰无礼，还要佩服你的宽宏大度，岂不很好！"

得功见史督师亲来解和，也不好坚持了。可法令高杰送得功千两银子作为奠仪，又令他赔还劫去的三百匹马，可是这三百匹马，不是病的，就是瘦的，可法不得已自己拿出三千两银子代偿马价。这次以后，两镇的仇视，仍不能消除。及高杰大军开往归德开封，原拟调黄得功、刘泽清赴邳宿一带布防，但黄得功不愿为高杰声援，刘泽清态度可疑有汉奸[3]嫌疑，史可法只有调刘良佐北上。黄得功不为高杰声援也就罢了，还想发兵到扬州袭劫高杰及其部下的家眷，有人报知可法，可法大惊，恐闹出事来，牵动大局，赶紧请于朝廷，令得功移驻庐州。

不料一波未平，一波又起，高杰竟被人暗算死了。史可法为了安抚高杰部下，于是商请朝廷，除令高杰子袭爵外，并委李本深提督高部，这李本深是高杰部下大将，又是他的外甥，这样的善后处置，自然高部乐于（所）〔听〕命。但是朝命未下，黄得功又要来报士桥之仇了，他连同刘良佐、刘泽清上了一封严厉的书给宏光皇帝道：

> 高杰从无寸功，骄横淫杀，上天默除大恶，史可法乃〔欲〕其子承袭，又〔欲〕李本深为提督，是何肺肠？倘误听加恩太重，臣等实不能相安矣。[4]

这样的奏疏，完全暴露了那时军阀的蛮横，他们不特攻击史可法"是何肺肠"，而且说出"不能相安"的话。宏光皇帝

的朝廷正建立在这些悍将的刀尖子上,他并没有镇服的威权,还是推到史可法身上,下谕可法道:

"卿阮归扬,解谕黄得功,何必与孤儿寡妇争构!"

其实史可法一面筹(画)〔划〕安抚高部,一面也料到黄得功等必起窥伺,早预备了说好说歹,从中讲和。因先令同知曲从真[5]、中军马应魁[6],入黄得功营询问情因,得功道:

"我是国家大将,屡立战功,现僻居小县,实不公平。翻山鹞子他本是流贼,有什么功绩占踞许多大县?现在他的分地,就该应属我,他既然死于国事,可将高邮、宝应、江都三地给他,养他妻子,也就够了,何必还要许多?请两位告史督师,我打算怎样,就怎样作去,不然,休想我黄得功罢兵!"

曲从真、马应魁回禀了可法,可法知道不易调解,亦知黄得功为人虽说粗暴,有时还顾及朝廷体面,比起刘良佐、刘泽清来,总算识大体的。于是一面密请宏光皇帝专使传谕制止,一面亲到得功营中,劝以大义,黄得功虽然攻击他"是何肺肠",也无暇计较了。可法见了得功说道:

"我不是不知黄将军的功大,我也不是爱高杰偏向他,但是黄将军要知他的兵马多，一向凶暴，黄将军今天夺了他们的分地，明天他们一定会作乱的，乱起来，人家必然说是黄将军逼的！况且清军正在谋算江南，黄将军不御外侮，及事内战，纵黄将军居心无他，江南人民却未必就能谅解！"

黄得功虽不甚满意可法，倒佩服他的为人，先听可法亲身前来，心中就有点怯，又听了他这番话，心中更踌躇不定了！可巧宏光皇帝也派了高、卢两位太监来，传达宏光的谕旨道：

"大臣尚先国事而后私恨，你若向扬州，致高营弃防地东归，设敌人渡河南下，谁任其□？"

得功也知清兵正谋渡河，怕惹出大事来，转悔一时意气用事，也就中止了。黄得功虽然不争扬州了，而已经开往河南的高部，却因得功这一举，正如宏光所说，弃了防地，回到扬州了。史可法又是一急，再请宏光皇帝令李本深提督高部，回师河南。但一因马士英掣肘，二因刘良佐反对，说"本深庸弁，耻与为伍"——其实刘良佐反对，也曾受了马士英的怂恿，宏光不敢答应，反下谕道：

"兴平创立军府，以忠死事，身肉未寒，兼有嗣子，朕岂忍以其兵马信地遽授他人？可令其妻邢氏同元爵[7]（原注：

高杰子）照旧统辖；元爵年幼。督师辅代为料理，亦朕不忘忠臣至意，李本深仍领前锋，俟有功优叙。"

先是高杰死后，即奏请令李本深提督高部，但马士英初见高杰倾向可法，就生忌视，认为可法有了实力，及闻睢州之变，心想正是夺取高部的机会，遂向宏光说，提督体统尊贵，李本深资望不够，随即荐了他的私人卫允文，但卫允文不过是个翰林院（偏）〔编〕修，并非大将，因使宏光加允文为兵部右侍郎令总督高部镇将兵马，经略开归防剿军务。这卫允文原是北京的逃官，投在马士英门下，曾受士英意旨在宏光面前攻击过可法，说可法"讨贼未效，妄冀回朝"，又说"为统一事权，督师一职，等于赘疣，应行取消"。今士英令卫允文接收高部，正是压迫可法，使其不安于位。但是卫允文命令下后，高部见朝廷用意暧昧，莫不愤恨。可法为了朝廷威信，只有再三劝慰，高部竟不受命。允文到任之际，高部无一人理会，这堂堂总督大员，如此冷落，卫允文却不在乎。不久，时事日逼，史可法不得已再请李本深提督高部，马士英又令刘良佐出面反对本深，宏光却又不许。他那谕旨看来甚为堂皇，实际上正是马士英的阴谋，内称"督师辅臣代为料理"，不是指著可法，而是卫允文，因为马士英还是指望高部军权慢慢移交过来。最后，高杰夫人又上疏请求，卫允文也看出长此僵持下去凶多吉少，亦上书请求，宏光皇帝这才允许李本深为提督。马士英依旧阻止宏光皇帝颁发诏命。高部将士见提督之命久不下,惧中(涂)〔途〕有变,于是屯留扬州,但保家室,无心北去。因此黄河防务空虚,不过一个月的光景,清军就乘虚渡河了。所可怜的,史可法白白费了许多苦心,从中调停,原想借图恢复,岂知竟成虚幻。当时民间有一首小调,说透了可法的苦心:

谁唤翻山鹞子来,

闯仔不和谐,(原注:江淮人惊黄得功之勇呼为闯仔)

平地起刀兵,

夫人来压寨;

亏杀老媒婆,(原注:指史可法)

走江又走淮,

俺皇帝醉烧酒全不睬![8]

注

[1] 黄蜚(？—1645)，明朝时任总兵。1645年曾率军大败左良玉，封镇南伯。南明灭亡后持续抵抗清朝，最后被俘虏处死。

[2] 万元吉(1603—1646)，天启五年(1625)进士，江西南昌人，历任州府推官、南京职方主事，后进入福王、唐王幕府，主导赣南地区的抗清活动，赣州失陷后投河殉国。

[3] "汉奸"的使用已不符合当下语境，但鉴于该作品写于抗战时期，作者借古讽今的写作意图明显，且作者已逝无从商定，故保留原作风貌，编者谨在此说明。

[4] 计六奇:《明季南略》(新北：文海出版社，1968年，《明清史料汇编四集》影印清刻本)，卷3，页158。

[5] 曲从真，疑为曲从直(？—1645)，辽东人，南明时任扬州同知，追随史可法抗清，清军攻入扬州城时，与其子殉国。

[6] 马应魁(？—1645)，贵池人，追随史可法，提拔为副总兵，清军攻入扬州时战死。

[7] 高元爵(生卒年不详)，高杰之子。

[8] 南沙三余氏:《南明野史》(新北：文海出版社，1968年，《明清史料汇编五集》第2册)，卷下，页2下—3上。

十六

　　读者见了这两位总兵的内哄,也许会厌恶那时军阀的地盘欲罢?但在作者看来,高杰、黄得功固然恣肆,固然为了地盘之争,几乎误了大事,倘若宏光皇帝是个英主,不是那样淫昏;马阁老是个贤相,不是那样贪劣;这两位老粗,总有些顾忌罢。请看单凭史可法一人的力量,不也挽救了许多么?高杰之死,为了防河,后来黄得功之死,为了宏光皇帝,朝廷果真锐意中兴,能够运用他们,作者想,这两位老粗尚不失为关云长、张翼德一流人物。正因为这两位老粗,简单,感情用事,心眼不多,才能为国家拼命。如其他两镇东平伯刘泽清、广昌伯刘良佐都是读过书的,最后却投了清朝,作了汉奸,更非高杰、黄得功可比了。

　　那刘泽清,山东曹县人,少年曾学作过八股,考过秀才,之后应兵部将(材)〔才〕考试,考取第一名,其实他并不懂得将略。为人卑鄙贪暴,心计多,胆子小,只知自己,不知国家。崇祯十一年,清军入犯山东,时刘泽清镇守兖州,他就和清军生了关系，同清军说，只要能给他黄金十万两就投降过去，等到十万两到手后，却弃下兖州逃走了。又崇祯十六年闯贼围了开封，派他赴援，他的军队开到时，不敢进剿，又领了兵马逃走了。反虚作捷报，邀请赏赐，又说堕马受伤，邀请加官，崇祯皇帝不奈他何，只得赏了药资四十两银子。不久保定也被闯贼围了，崇祯又调他去，他不听从，抢洗了山东临清逃到江南来了。及南京宏光建国，他说，"先帝已封了他的爵位而诏书没有送到"，宏光皇帝问史可法明知这是死无对证的事，但他拥有几万人马，怕他一旦真投降了北朝，所以才封他为东平伯。从此他便气骄意淫，在他驻节的时方[1]，建筑了一座皇宫式的伯爵府，这府里有四时的房子，各房里住著美人，仿佛皇帝的三宫六苑，收罗了各地宝物，陈列其中，俨然是天家富贵。因为他学作过八股，他好风雅，喜欢作诗；又因为他好风雅，幕府中养了许多帮闲的文士，这一群吃歌功颂德饭的，把他捧得高高的，他自己也忘其所以了。他说：

"我二十岁投笔从戎，三十一岁登坛拜将，四十一岁裂土封侯，这二十年中我自己也不知干些什么事呀！"

一次，有一位是他从前的上司，他在宴会中将他的诗拿给这人看，心想这人一定会惊服的——因为他的大作在那一群文士们口中早已认为超越古今，无人可比。不意这人看了后，许久牙齿中才挤出一个字：

"好！"

他单听了这一个"好"字，想必有下文，而这人竟没有下文，转脸谈别的去了。这位诗人，东平伯，刘将军，忍不住了，问道：

"你说咱诗怎样好呀？"

这人不慌不忙答道：

"虽然好，不作却更好！"

他勃然变了颜色。大概为了风雅，不好动武，等这人走了以后，他派了打手在途中把这人结果了。读者以为这位诗人残忍么？不，《明史》里尚有一段记载：他的部下有几万将士，幕府中有若干诗人文豪，还有两匹猴子——也属于帮闲一群的。就是每当文酒风流的时候，少不了这两匹猴子称觞劝侑，一日有一故人之子前来拜访，他设宴款待这位客人，酒正酣时，用一只可以装三升酒的金杯子，酌满了酒，令猴子捧到这客人面前，跪下请客人喝，这在刘将军本是厚意，可是这客人见了猴子那副狰狞面孔，不由的战栗起来，猴子越前，越往后退。刘将军风雅的笑道：

"你怕么?"忽然转脸向卫兵说,"牵一个犯人来!"

须臾牵了一个蓬首苦瘦的犯人来,他见了下令道:

"把这犯人脑子心肝取来!"

几个兵丁立时在阶下击死犯人,将脑子心肝挖出,放金杯中和酒一起,令猴子捧到他的面前,他笑著接下,故意注视那座上的客人,可怜这客人胆子太小,晕过去了。他更加得意,一气将金杯里的心肝、酒、脑子咕噜咕噜的喝下——他那充满了灵感的诗人的腹中了。

这伯爵,将军,诗人,原来是人的心肝脑子培养出的呀!

然而说起打仗来,却同高杰、黄得功相反,或者因为他是诗人,心思多,转变快,不大愿意傻子一样的拼命。所以遇闯贼而溃逃,值清军则出卖。宏光元年扬州告急的时候,曾经调他援救,他又私行和满清接洽,投降了。最奇怪的,投降以后,满清[2]因他反覆无常,竟将他磔杀了,这是后话,不必详述。至于那广昌伯刘良佐,其人品正同刘泽清不相上下,宏光被擒,便是他献给满清豫王的大功,究竟为何,下面自有交待。

注

［1］"时方"疑为"地方"之误。

［1］"满清"的用法已不符合当下语境,鉴于作品写于抗日战抗时期,且借古讽今意图明显,作者已逝,无从商榷,故保留原文风貌,编者谨在此说明。

十七

　　高杰死时正是宏光元年正月，到了三月，(请)〔清〕[1]帅豫王探知河南空虚，即令前睢州叛降许定国引兵南下，先入仪封、考城，不久破了归德、睢州。归德本有总兵王之纲驻守城中，见清军来攻，竟弃城南逃。独有新到任的河南巡按凌駉[2]不愿逃走，带领士兵三百余人，誓死守城。豫王派游击起擢入城说降，凌将他斩了示众。次日，凌駉带兵山西门砍营，守门兵却开了东北门，欢迎清军进城。清帅传令必须活捉凌駉，不得伤害。当时凌駉见城已不守，拔剑自刎，被麾下抱住，没有死掉。于是带了侄儿润生[3]，单骑走入清营。豫王见了，宾礼相待，甚是隆重，婉词说降，駉终不屈。当晚与侄儿润生自缢而死。遗留豫王书道：

　　　　世受国恩，济之以死，臣义尽矣。愿贵国无负初心，永敦邻好，大江以南，不必进窥。否则，扬子江头凌御史，即昔日钱塘江之伍相国也。承贵国隆礼，人臣义无

私交，谨附缴上。[4]

凌䮾死后，归德吏民，莫不痛苦。原来凌䮾是安徽歙县人，崇祯年间进士。甲申正月，官兵部职方司主事，随李督师军前赞画，后督师兵溃，䮾独达临清，号召民军三百人，擒杀闯贼伪官防御使王皇极[5]等三人。一面侍檄山东，劝各起义兵，保卫桑梓。一面上书南京，请设法收复山东，书云"夫有山东然后有畿南，有畿南，然后有河北。临清者，畿南河北之枢纽也。与其以天下之饷守淮，不若以两河之饷守东"。照凌䮾所说，确有卓见，然那"相公只受钱，皇帝但吃酒"的朝廷，仅知偏安一时，如何说得上远略。后来有人太息的说道："自宏光初立，史督辅请分南四镇，遂无一人计收山东者。使乘清兵未下之日，一旅北去，与公犄角，上扼沧德，下蔽徐衮，天下事未可知也。"

注

[1] 底本作"请",据《亡明讲史稿》本改为"清"。

[2] 凌駉(1612—1645),歙县沙溪人,崇祯十六年(1643)进士,福王时授监察御史,巡按河南,援归德,城破,为清军所擒,自缢死。

[3] 润生(?—1645),凌駉侄儿,与其一同自缢而亡。

[4] 计六奇:《明季南略》(新北:文海出版社,1968年,《明清史料汇编四集》影印清刻本),卷3,页194。

[5] 王皇极(生卒年不详),山西人,明末降于李自成,授防御使。

十八

清军占领归德以后，徐州吃紧，淮南震动，史可法即预备驻守泗州，防卫祖陵。将要出发，忽然长江上游宁南伯左良玉参马士英八大罪，并发兵东下，过九江，超安庆，进□□南京，声称"清君侧""定储位"，传檄四方，声势浩大，南京朝廷得报，惊惶万状。清兵虽已经攻下河南，宏光皇帝同马士英一党还不觉得可怕，左良玉这一来，真使朝廷上下张皇失措，而马阁老、阮尚书的焦急恐惧，却比任何人还（利）〔厉〕害，因为左良玉的目标，正是他们。试看那檄文道：

> 奸臣马士英，根原赤身，种类蓝面，昔冒九死之罪，业已侨妾作奴，屠发为僧，重荷三代之恩。徒尔狐窟白门，狼吞泗上。会当国家多难之日，侈言拥戴之功；以今上历数之归，为私家携赠之物。窃弄威福，炀蔽聪明。持兵力以胁人，致天子闭目拱手；张伪旨以誊〔俗〕，俾

臣民重足寒心。本为报仇而立君，乃事事与先帝为仇，不止矫诬圣德。初因民愿而择主，乃事事拂民之愿，何由奠丽民生。幻蜃蔽天，妖蟆障日。卖官必先姻〔娅〕，试看七十老囚，三木败类，居然节钺监军。渔色罔亲君亲，托言六宫备选，二八红颜，变为桑间濮上。苏〔松〕常镇，横征之使肆行。槜李会稽，妙选之音日下。江南无夜安之枕，言马家便尔杀人；北斗有朝慧之星，谓英君实应图谶。除诰命赠荫之余无朝政，自私怨旧仇〔而〕外无功能。类此之为，何其亟也。而乃冰山发焰，鳄水兴波。群小充斥于朝端，贤良窜逐于崖谷。同己者性侔豺虎，行列猪狠，如阮大铖、张孙〔振〕、李宏勋等数十臣憝，皆引之为羽翼，以张杀人媚人之赤帜。异己者德并苏黄，才媲房杜，如刘宗周、姜曰广、高宏图等数十大贤，皆诬之为朋党，以快〔虺〕如（虺为）蛇之（狠）〔狼〕心[1]。道路有口，空怜"职方为狗""都督满街"之谣；神明难欺，最痛"立君由我，杀人何妨"之句。呜呼，江汉长流，潇湘尽竹，罄此之罪，岂有极欤。是用（砺）〔厉〕兵秣马，讨罪兴师。当郑畋讨贼之军，忆裴度蔽邪之语。谓朝中奸党尽去，则诸贼不讨自平；倘左右凶恶未除，则河北虽平无用。……[2]

马士英在内听到那八大罪状的奏本，又见了这道檄文，

吓得面无人色，全身发抖，说不出话来。于是即刻命驾回府，请来阮大铖，密议对付办法。士英道：

"圆老，你看左良玉该多蛮横，他奏俺八大罪，就是八十大罪，俺也不怕他，反正皇帝由俺摆弄。但是他竟动起武起，著实难办。圆老有何高计？"

阮大铖答道：

"要不是东林党人，那有这场风波？晚生的意思，目前急调黄刘三镇兵马，齐赴上游，若能一战高胜，此乃师相之福，晚生亦占末光[3]；不然，只有用以夷制左之计，不知师相以为为何？"

马士英停思一回道：

"照圆老的以夷制左之计，我们的南京老巢，岂不是被掘翻了么？"

阮大铖哈哈笑道：

"师相为何还未想开？要知左岳一来，我们性命不保。清军一到，我们还有两条路，一是投降，一是逃跑。况当清国新运，正在用人之际，以师相隆望，清国还不重用？就是晚生区区，想也不会闲散的。总之，当前国家事小，个人事大，不容犹豫了!"

马士英恍然大悟道:

"说得是,说得是,到底是圆老高见,就请兵部调取黄刘三镇罢。但是那黄闯子甚是蛮悍,还得请圆老亲去一趟,求求他。"

阮大铖连忙答应道:

"是,是,晚生星夜就去,料想黄闯子虽然蛮悍,不敢有违师相意旨。"

注

[1] 原典作"以快虺如蛇如之狼心"。
[2] 节录自计六奇:《明季南略》(新北:文海出版社,1968年,《明清史料汇编四集》影印清刻本),卷3,页196—198。
[3] 此处字迹难辨,疑为"沾末光"。

十九

大家读过晚明史的,都会知道宏光皇帝的小朝廷,到了这个阶段,如同一个将死的人正在弥留的时候;但是要不是左良玉这一逼,也许还要多维持一两个月。至于左良玉究竟是怎样的人?以及他和马士英等又怎样种下这般深仇大怨?倒是"说来话长",作者暂且放下马阮清兵,先来介绍一下左良玉。

那宁南伯左良玉与四镇总兵比起来,他是资格最老势力最大。他在崇祯初年的时候是一员副将,隶属都治侍郎侯恂麾下。那时流寇渐渐势大,纵横山西、河北、河南一带,左良玉屡因剿寇有功,数年之间,官至总兵,成了朝廷一员大将。他身高七尺,赤面大汉,左手右手,都能射箭,冲锋陷阵,皆是身先士卒,甚得崇祯皇帝倚毗。只有一样,为人粗暴,目不识字,兵无纪律,所到之处,流贼固然怕他骁勇,百姓却怕他掠劫,这也难怪他,当时官兵,大致都是如此的。像上面所说的四镇总兵部下,何尝不是如此。后来有人说,那时的"流寇"与"官军"原属一体，在朝廷眼中大有分别，在百姓眼中却是一样的，若再加上马士英等那样的朝廷，在百姓眼中要算作"三位一体"了！

古人说，"时势造英雄"，大概是对的，至少左良玉是这样的。要没有流寇，左良玉的官不会升得这样大这样快；要是流寇一剿就消灭了，左良玉也不会裂土称藩。因为流寇见官兵势大，他就投降过来；官兵势弱，他又叛变过去。宁南伯左良玉就是这样壮大的。他自从位至总兵以后，剿寇就不怎样努力了。并且取降了许多流寇，养成了一份庞大的势力。当崇祯十年的时候，流寇老狃狃、曹操、闯塌天[1]等横行江北一带，旋被击溃，窜入河南境山中，应天巡抚张国维[2]曾发三道檄文要良玉入山收剿，他都不听，还纵容兵丁掠劫民间妇女财物，弄得人民不被贼祸（及）〔反〕[3]受兵灾。朝廷恨他不服指挥，下诏免职，又怕他一怒入了贼伙，只得又复了他的原官。不久，江北告警，西去之贼又东来了，袭六合，攻天长，分掠瓜州仪真，破盱眙诸城，良玉屯兵中州，坐视不救，及令中州士绅上疏朝廷挽留他，崇祯皇帝也知道这完全是良玉要他们干的，但不奈他何。崇祯十一年，张献忠[4]假官兵旗号谋袭南阳，方抵南关，适逢良玉赶来，献忠仓皇逃去，良玉追至，献忠肩上中了两箭，脸上又受了刀伤，被部下救走，逃至穀城。时总兵陈洪范[5]的大兵也在河南，献忠知势不敌，派人请降。左良玉本已收降许多流贼，但这次他不愿意收张献忠，因为他知道张献忠势大，此时势蹙投降，终归叛去。但兵部尚书总理河南诸省军务的熊文灿[6]却答应了献忠，果真数月以后，献忠叛变了。良玉追至罗猴山，献忠伏兵四起，大败逃回，崇祯皇帝于是贬官三秩，以示薄惩。崇祯十三年春，又拜他为平贼将军，原已被贬三秩，忽尔加官，殊出良玉意料之外。在朝廷方面呢，因为受流寇威逼，不得已只有重用他，良玉受此恩宠，也知感激，真想出力。时贼分三方：西方为张献忠，盘踞楚蜀边境；东方为革里眼、左金[7]等，出没麻黄一带；南方为曹操、过天星[8]等，潜伏漳房兴远之间。良玉会同诸军，和张献忠大战于枸坪关，结果献忠败走了。良玉又从汉阳西进，进至玛瑙山，贼兵大溃，追奔四十里，斩了贼军大将扫地王曹威[9]、白马邓天王[10]等十六人，献忠妻妾也被擒获。这一役，良玉大卖气力，崇祯皇帝叙他功属第一，加官太子太保。不当良玉正在高兴的时候，内部又起了冲突。原来督师杨嗣昌[11]见左良玉骄桀不驯，不听他的命令，因移告陕西总兵贺人龙[12]，等玛瑙山战后，便把左良玉的平贼将军印夺来给他，那知这山一战，左良玉功居第一，杨督师自然不敢造次了。而贺人龙见杨督师卖个空头人情，大大忿恨，遂将杨督师的这一番谋算，统统告了良玉。良玉自不免灰心，也无心前追了。适其时张献忠□良玉追□□□遣他的□党马元利[13]，带了重金奇宝，投到大营，献给良玉，说道：

"将军要知道，将军见被朝廷重视，正因为有我们的缘故，将军部下多杀掠，不听节制，要不□□了我们，朝廷为何容约过，为何杨督师不是正想□□将军么？将军何必太□力！□□□□们没有了，恐怕将军也就完了。"

左良玉心中正在不快的时候，听了马元（吉）〔利〕说出一通利害的关系，于是按兵不动，坐视献忠逃入四川、巴州，时贺人龙亦无心剿寇，带领兵马又回了陕西。杨督师□□九道檄文召良玉进兵会剿，他皆置之不理借以报复。崇祯十四年良玉在开县的黄陵城□看了张献忠，他虽无心击献忠，献忠却反过来打他了，结果望风溃败，损失奇重。崇祯皇帝大怒，但仍不敢□他，仅以撤职□任戴□自赎处罚完事。崇祯十五年李自成围攻开封，崇祯皇帝念左良玉兵强可用，却不听指挥，因思最初荐良玉的是侯恂[14]，但他因罪在狱，只有将他从狱中取出任为督师，并令携带国帑十五万犒赏左军，这崇祯皇帝为了良玉，总算周到。侯督师到任后，即命良玉和总兵虎大威[15]、杨德政会师于朱仙镇。其时贼营在西，官兵在北，两相对峙，正待决战。忽然，良玉见自成声势浩大，心想："李闯仔这大势力，不合和他交锋，白白丢了兵马，还是溜罢。"当夜下令拔营逃遁，众军因之大溃。李自成得报大喜，急令士卒绕道驰往官军前面，掘了深广数丈的大沟，预备活埋左军，□□自成并领六队亲自在后追赶，赶到沟前，埋伏兴起，前后夹攻，□□□□仆死沟中无算，可恼无数左军竟被赶到沟中，活活埋死。良玉带了残兵往襄阳。崇祯皇帝得讯，又诏侯督师倚踞黄河南岸围剿，仍令左军来会，可是良玉如何敢来？这是三四月间的事，直到九月，左军不救，自成亦不退去，官军无法，打算决开黄河，水淹贼军。那知这计策竟被贼军探知，不待官军施行，贼军竟将黄河决了，无辜的开封一城人民，霎时化为鱼鳖。自成随即引军西窜，拟取襄阳，作为根据之地。另□时良玉在襄阳，将全府壮丁收在军中，又招降了许多小股流贼，不到数月又集合了二十几万人马，并且征发民工，造了许多战舰。虽然他又有了二十几万人马，但是亲军爱将，已经死亡过半，这些新军，更非自成敌手。及自成乘胜西来，良玉连夜引军逃避，水陆高下，不敢迎敌。到了武昌，围住楚王府，擒住了楚王，向楚王说道："我来给你保境，你得给我二十万人马的粮饷！"因为楚王并没有这样多的粮饷。于是纵兵焚掠，火光照遍大江，如同火池一般。居民纷纷逃出城外，老弱妇孺，遍地皆是，城外土寇乘机而起，居民逃出者，反被其劫掠。盘踞将及一月，听说张献忠要攻武昌，又不久□顺流东下，直抵安庆，由安庆巡抚交出库银十五万两，才没有将他对付武昌的手段拿出来。等到张献忠屠了武昌，杀了楚王，退走以后，他又回到武昌，就在这里立起军府来。时崇祯皇帝见左良玉这种行为，异常忿怒，但因没有力量制裁他，于是迁怒到侯督师身上，一面令吕大器[16]代他的督师，一面又将他收入狱中。左良玉知道侯恂为他受过，心下大不高兴。及吕督师到任，他全不理会。不久张献忠窜入四川，李自成窜入关中，留在荆襄一带贼军，都是零星小股，良玉侦知情形，派了部下将这些空虚之地尽行收复。他上报朝廷。崇祯皇帝又诏封他为宁南伯，平贼将军印给了他的儿子梦庚[17]，并许他功成以后，世守武昌。崇祯本知尾大不掉，不□不□□□，左良玉却更加威风。另□十七年崇祯皇帝殉国，福王即位南京，晋封为宁南侯，加太子太傅，上流军事，□委良玉。他扩充兵马至八十万人，号称百万雄（狮）〔师〕，共为十营，前五营为亲军，后五营为降军，春秋大操，漫山遍谷，插满各色旗帜，一声令下，马足动地，殷然为雷，声闻数里。但是人马虽多皆是乌合之众，因为朱仙镇一役，他的精锐，几乎丧失完了。那时马阮当朝，见他兵多，又是东林党人侯恂提拔出来的，甚是放心不下。果然，一些不容于朝廷的东林党，多依附在左良玉幕下。〔马阮〕[18]送了许多金币给宏光的亲信太监田成[19]、张执中[20]，求他们在宏光面前说些好话。他们受了运动后，即对宏光说道：

"主上要不是马阁老安有今日，现在要是将他赶走了，天下的人一定会说皇上负恩。况且有马阁老在，皇上什么都不烦心，大可优闲自在。他去了，谁还念到皇上？"

宏光皇帝本是个庸王，听了田成等一番话，默然无言，即由田成代下手谕挽留士英。当时民谣道："要纵奸，需种田；须装哑，莫问马！"可是黄澍[21]却仗有左良玉的势力，依旧一口咬住士英不放，连上十疏，弹劾马士英党，有云：

> 自古未有奸臣在朝而将帅能成功于外者，必陛下内秉精明，外采舆论，(图)〔国〕人皆日〔曰〕可杀，则杀之，毋因一时之才情博辨，误信小人，使党羽（口丰）〔既盛〕，祸患骤至。

又云：

> 正人君子，乞陛下师事数人，以树仪表，使辇毂之下，贪污结舌，邪佞闭气，无所容其树党庇奸之私，而后讨国门以外之贼无难。[22]

宏光皇帝既然舍不得马士英，又不好处置黄澍，他背后有拥有百万雄兵的后台，不得已自家权做个和事佬，屡次下谕，促黄澍回任去。

一波未平，一波又起。时有驸马王昺[23]侄孙王之明[24]，因北京失陷，逃难南来，冒充崇祯皇帝太子，由鸿胪少卿高梦箕[25]密奏太子在浙，宏光遂命太监李继周[26]密往绍兴接来，才知是假太子。但因宏光昏庸，马阮专权，一般人心，多思旧王。这假太子风声传到民间，人人信以为真。而一部分东林党人，又借此煽动，认为马阮等有意陷害，反而弄假成真了。于是左良玉上疏道：

> 东宫之来，吴三桂实有符验，史可法明知之而不敢言，此岂大臣之道。满朝诸臣，但知逢君，不惜大体。前者李贼逆乱，尚锡王封，不忍遽加刑害，何至一家，反视为仇？……陛下独与二三奸臣，保守天下，无是理也。[27]

照良玉说来，宏光皇帝连李自成都不如了。湖南巡抚何腾蛟[28]、九江总督袁继咸[29]也同时上疏，而何腾蛟的质问尤其□□：

> 太子到南，何人奏闻？何人物色取召至京？马士英何以独知其伪？（阮）〔既〕是王嵒侄孙，何人举发？内官公侯多北来之人，何（带）〔无〕一人确证，而泛云自供？高梦箕前后二疏，何以不发抄传？此事关天下万世是非，不可不慎！[30]

四镇总兵于是也疏请"曲全两朝论典,毋贻天下后世口实"。如黄得功的疏文道:

> 东宫未必假冒,各官逢迎,不知的〔系〕何人辨明?何人定为奸伪?先帝之子,即陛下之子。未有不明不白,付之刑狱,人臣之义(理)〔谓〕何?恐在廷诸臣谄狗者多,抗〔颜〕者少。即使明白认识,谁敢出头取祸手?不杀则东宫为假,杀之则东宫为真。皇上虽以大公至正为心,恐臣下逢君之恶。臣受先帝知遇之恩,不敢不言。[31]

要不是马阮当朝,绝不会引起这样的(掀)〔轩〕然大波。本来是□单纯的案子,但是大家都集矢在马阮的身上,真是弄得哭笑不成。这与其说是皇太子的真假问题,不如说是一场政治的斗争。可是宏光政府那样衰弱,却受不了这一下。光是文字的攻击还不要紧,不久演成了全武行,宏光政府就在这内外夹攻之中完了。

那左良玉揭出的两面大旗,便是"清君侧""定储位",这出武剧开始了。原来东林党人黄澍为了想扫除马士英等,早在左良玉面前,作"清君侧"的文章,良玉只是犹豫未行。

忽然发生了这一桩太子的案件,朝廷越说是伪的,别人越相信是真的,弄得真伪不明,黄澍的游说便成功了。左良玉召集了一个全军大会,三十六营大将,个个插血[32]为盟,随即动起武来。

那八十万人马,全体动员,从汉口到蕲州,二百余里的江中,全是战船,大有当年曹孟德下江南一举扑灭东吴的威风。于是一面疏奏马士英八大罪,一面传檄四方,号召响应,难怪马士英接到檄文,吓得面无人色。要不是阮大铖想出妙计,这一下也许把堂堂的一位马阁老吓死了。

注

[1] 老狦狦为马守应（？—1644）别名，陕西绥德人，明末流寇首领之一。闯塌天即刘国能，晚明流寇领袖之一。闯塌天，底本无"塌"字，据《亡明讲史稿》本补"塌"字。

[2] 张国维（1595—1646），浙江东阳人，天启二年（1622）进士，曾任明末江南十府巡抚，后任兵部尚书。清兵入关时，宁死不降，殉国。

[3] 底本作"及"，据《亡明讲史稿》改为"反"。

[4] 张献忠（1605—1647），陕西延安人，崇祯三年（1630）追随王嘉胤起事，自称八大王。主要割据地为四川，曾建立大西政权，晚明流寇领袖之一，兵败后被清军斩杀。

[5] 陈洪范（生卒年不详），最初为熊文灿部将。崇祯年间，曾与左良玉夹击张献忠，张献忠投降。后降清。

[6] 熊文灿（1575—1640），贵州永宁卫人，官至兵部尚书，负责剿寇。崇祯年间曾招降郑芝龙，讨李魁奇、刘香有功。因围剿张献忠不力，被崇祯帝处死。

[7] 革里眼为贺一龙（？—1643），晚明流寇领袖之一。崇祯十五年（1642）与李自成联合，后因欲自立称王，为李自成所杀。"左金"疑为"左金王"，贺锦（？—1645）的绰号，为晚明流寇首领之一。

[8] 过天星，常为晚明流寇的绰号，有可能是惠登相（生卒年不详）、张天琳（生卒年不详）或是梁时政（生卒年不详）。此处疑

为惠登相,陕西清涧人,晚明流寇首领之一,外号过天星。

[9]曹威(? —1640),崇祯年间晚明流寇领袖之一,绰号扫地王。

[10]邓天王(生卒年不详),崇祯年间晚明流寇之一。

[11]杨嗣昌(1588—1641),武陵人,万历三十八年(1610)进士,明末政治、军事人物。崇祯六年(1633)升为山海关巡抚,官至兵部尚书,崇祯十年(1637)任礼部尚书兼东阁大学士。李自成攻陷洛阳,张献忠袭击襄阳后,嗣昌病发身亡。

[12]贺人龙(? —1642),陕西米脂人,明朝将领,万历年间武进士,最初以守备官在洪承畴麾下,后随汪桥年。

[13]马元利(生卒年不详),为张献忠麾下大将。

[14]侯恂(1590—1659),归德人,明万历四十四年(1616)进士,崇祯六年(1633)任户部尚书。1644年李自成攻入北京,拒任官,隐居以终。

[15]虎大威(? —1642),陕西榆林人,累官至山西参将,明末时多次与晚明流寇作战,升为陕西总兵官,1642年在开封战役阵亡。

[16]吕大器(1586—1649),遂宁县北坝人,崇祯元年(1628)进士。崇祯十年(1637)张献忠攻遂宁,吕大器协助县令抵抗之。崇祯十四年(1641)升右佥都御史,巡抚甘肃。

[17]左梦庚(? —1654),山东临清人,左良玉之子,后成为清朝将领,入汉军正黄旗,授正黄旗汉军都统。

[18]根据上下文文意,此处主语应为"马阮"。

[19]田成(生卒年不详),为福王朱由崧府宦官。

[20]张执中(生卒年不详),崇祯年间宦官。

[21] 黄澍（生卒年不详），南直隶人，崇祯十年（1637）进士，以弹劾马士英闻名，论其十大罪。后降清。

[22] 邹漪：《明季遗闻》（北京：北京图书馆出版社，2005年，《明清史料丛书八种》影印《明季稗史续编》本），页18上。

[23] 王昺（生卒年不详），北直隶高阳人，为明穆宗六女儿延庆公主驸马，官至太子太师，掌宗人府事。

[24] 王之明（生卒年不详），高阳人，为王昺弟弟王晟的孙子。被指伪装为太子，是为"太子案"当事人。

[25] 高梦箕（1595—1659），河间府献县人，1642年任鸿胪寺丞，后因太子案下狱。

[26] 李继周（生卒年不详），明末宦官。

[27] 邹漪：《明季遗闻》（北京：北京图书馆出版社，2005年，《明清史料丛书八种》影印《明季稗史续编》本），页30下。南沙三余氏：《南明野史》（新北：文海出版社，1968年，《明清史料汇编五集》第2册），卷上，页39上。

[28] 何腾蛟（1592—1649），贵州黎平人，明末军事人物。崇祯十六年（1643），由史可法力荐任右佥都御史，巡抚湖广，后率军抗清，不屈而亡。

[29] 袁继咸（1593—1646），江西人，天启五年（1625）进士，崇祯十五年（1642），任兵部右侍郎兼右佥都御史，驻九江。后因拒降清被处死。

[30] 南沙三余氏：《南明野史》（新北：文海出版社，1968年，《明清史料汇编五集》第2册），卷上，页39下。

[31] 同上注。

[32] "插血"疑为"歃血"。

二十

马士英同左良玉正在内哄之际，清军自归德分两路南下，一路趋（毫）〔亳〕州、泗州，一路趋砀山、徐州。史可法时在扬州，焦急万状，四月初八日，连上三疏，报告清军紧急，应火速派兵援救，妙在宏光皇帝答道：

"上游急，则赴上游；北兵急，则赴北兵。"

弄得可法无所适从。急道：

"上游不过欲除君侧之奸，原不敢君父为难，若北兵一至，则宗社可虞，不知辅臣何以蒙蔽至此？"

亦知马士英从中蒙蔽，不得已还得（遗）〔移〕出士英，请求他选将添兵。马士英此时宁愿清来，不愿左来，那里会理可法。不久，果然颖州失守了，原有将士，一半逃，一半投降，清兵前来，（加）〔如〕入无人之境。史可法知大势已去，尚思挽回末运，急赴南京，请求面陈兵机，而那宏光皇

帝被马士英党紧紧包围著,又知可法此来,定是请兵,这为何能成。一不做,二不休,士英竟替宏光皇帝颁下谕旨道:

"卿应即回扬州,俟奏凯后入见!"

可法接了谕旨痛苦道:"奏凯谈何容易,想再见皇上没有日子了!"及可法回到扬州。徐州总兵李成栋望风而逃,清军又占据了徐州、泗州。时南京谣言汹汹,已有不保之势,宏光皇帝不禁也有些焦急。四月十九日,召了个御前会议,士英仍然主张应该力御左军,清军不会过江。而大理寺卿姚思孝[1]、尚宝寺卿李之椿[2]、工科吴希哲[3]等皆说扬州吃紧,应亟援救,不可因为左军撤了江防。马士英独不谓然,手指诸臣道:

"他们都是左良玉的死党,替左良玉游说,他们的话不能听,我已经调黄得功来了!"

宏光皇帝这时却明白过来,他说道:

"左良玉虽不应当兴兵逼迫南京,然看他本意,原不曾反叛,如今还该守淮扬要紧,不可撤回江防兵!"

马士英见皇帝也不同调,怒气冲冲的叫道:

"不是这样讲,左良玉来了,东林都是大□了,我们君臣该作俘虏了,现在宁可失国于大清,不可死于良玉之手!有人再言守淮者斩!"

宏光本是个又昏又懦的主子,见了马阁老发怒,默然无言,诸臣只有对看著伸伸舌头而已。而马士英的党羽朱大典还怒声说道:

"少不得大家要做个大散场!"

在皇帝面前,竟说出这样的话,诸臣听了更加愕然,也不过愕然而已,朝会后,吴希哲同人说:

"贾似道打算放弃淮扬了!"

这"贾似道"便是当时"马士英"的代名,他不仅打算放弃淮扬,就是江南半壁和这宏光小朝廷他也打算放弃呢。马士英回到相府,怒气依然未息,适阮大铖新从黄得功那里回来,前来报告,士英见了迎面说道:

"圆老辛苦了,黄得功怎样?"

"师相叫他出兵,他敢不听命吗?"说罢哈哈笑了几声,为了显出这一趟功劳,又故意说道:

"这黄闯子确难说话,他说什么江防要紧咧,又说什么不愿内哄咧，亏了晚生三寸不烂之舌把他说服了！"

"圆老偏劳了！"急回顾左右道："赶快排上酒来，给阮老爷接风！"

原来马士英怕黄得功不听调动，特请阮大铖前往，这阮大铖真不愧为智囊，他那"以夷制左之计"，居然成功了。

当左良玉统帅大军到了九江的时候，即邀九江总督袁继咸见于舟中，良玉将太子下狱一事，说得声泪俱下，并将黄澍伪造的太子密谕，交给继咸看，表示自家兴师问罪，非同反叛，而继咸却严（辞）〔词〕拒绝，不愿与之同谋。良玉无奈，只得说道：

"临侯（原注：继咸字）既自有主张，那么我的大军过境，决不入城好了。"

因为继咸同良玉素日感情不恶，所以良玉也不好勉强他。可是当晚良玉部下竟将九江城掠劫一空，掠劫以后，又放了一把大火。时良玉在舟中见城中火起，知道是他部下干的，良心不觉得受到谴责，感惜的激动说：

"我真对不起临侯！"

说罢，吐血数升，一命呜呼了，良玉本是带著重病兴师，却未想到竟演了一幕"出师未捷身先死"的悲剧。其子平贼将军左梦庚会同黄澍等商量，秘不发丧，仍然统帅大军东下，陷建德，袭东流，破安庆，及至铜陵，被黄得功迎头痛击，败□落花流水一般。而部将惠登相[4]又见梦庚不是共事，不听命令，带了自己兵马，悄然西归。梦庚见部下即□瓦解，又同黄澍商量，班师而返。时扬州被清军围住，旦夕渡江，南京岌岌不保，于是决定收了"清君侧""定储位"的大旗帜，率性降了清军。到了九江，又将袁继咸骗至大营，把他拖入清军，继咸倒是硬汉，坚决□□，监禁数月后，竟被清军杀了。另行这场公案说起来左氏父子本不是责，而黄澍却是东林党人，既然能够怂恿左良玉八十万人马兴师东下，为什么当此时会，竟将那八十万人马同□江上□合□献给了满清？反过来看不（反）〔仅〕[5]为此，那八十万人马岂不是做了满清的别动队。以此时左军虽遭挫败，实力并未削弱，若能退保上游，南京纵或失去，上游还有可为，偏计不出此，投降完□，足见黄澍等的动机，不过党争，国家却未放在心上。

在上面也曾说过，当他（编者注：阮大铖）到了黄得功大营，寒暄以后，说明来意，于是（番）〔翻〕[6]身下拜道：

"既在马阁老有难，万恳黄将军搭救搭救！"

黄得功连忙说道：

"我受国厚恩，遇事自当舍命，用不著阮老爷这般厚礼！"这话的意思却把马士英撇开了，他想现时清军压境，正是国家危急的当口，管他什么马阁老。阮大铖立即明白了黄得功的意思，比即[7]转过话锋，说了一番清军如何不得过江，宏光皇帝如何要黄将军出兵，左良玉又是如何目无君上，将来左良玉得势，黄将军的地位又是如何不利。本是个粗性人，居然被阮大铖一席话说动了！

当四月十九日朝会的时候，清军已于是日到了扬州城外，因为红衣大炮还未运到，大军屯驻斑竹园，未即攻城。史可法知势力不敌，只有请求朝廷，急派援兵，亦知宏光皇帝被马士英包围，不会发□救兵，于是写了一道血书，想来感动朝廷，派人送往南京。可是这时皇帝正在逼银粮，开船税，选淑女，筹备大婚。而马阁老、阮大铖等已知大势已去，尽力搜刮民间金银，预备后计。可怜史可法的血书，如石沉大海，连一个泡沫都没有。

时有新入城守卫的甘肃总兵李栖凤[8]、监军副使高歧凤见朝廷（带）〔滞〕援[9]，扬州旦夕不守，私下同清军接洽，作了汉奸，打算掠劫可法，响应清兵。因于二十二日，带领兵丁抢入督师辕门，可法已知李、高两将阴谋投降，悲愤异

常，大声怒呵道：

"你们原来已经作了汉奸，好，听你们使。要想劫我不成，这儿就是我死的地方！"

可法虽然势绌力尽，而江南军民没有不知道他是个忠臣，此时高、李两将见可法狂怒，一则良心发现，不敢下手，再则怕可法部下激怒，生出事来；于是又悄悄的退走了。但高、李两将，本同清军说妥，箭在弦上，不得不发，到了二鼓，竟拔营出城去了。可法因为自家兵力单薄，恐生内变，明知高、李两将叛走，不敢禁止。

到了二十四日，清军的红衣大炮运到了，即向城内轰击。这红衣大炮，还是从明军学去的，因为有汉奸教给清军，清军才制造了许多。此炮径六七寸，弹有碗大，重十有余斤，甚是厉利。一座偌大的繁华的扬州城，如何抵得了这样的大炮轰击，顿时屋瓦横飞，血肉四射。可怜史可法的兵将不多，器械不够，又无粮饷，一个个都饿得面黄肌瘦，谁也（当）〔挡〕不住清军狂风暴雨的轰击。但是守城士兵，见可法忠心，人人感奋，勇往直前，死而不顾。城堞轰毁的，莫不争先修好。而越轰越起劲，修理不及，只得用泥带填塞。清军又集中炮力，专轰西北城角，终将城□轰破，清军随即抢入。可法见大势已去，仰天长叹，拔剑自刎，忽被一参将〔将〕

剑夺去，遂拥可法出小东门。时清兵正抢著入城，见从城内出来一人，红袍，矮身材，面色黝黑，知是史督师，清兵一踊上前，执了可法，送到清军统关营中。

豫王见生擒了可法，比得了扬州城还高兴，因为可法虽然是他的敌人，却博得他的敬重。当豫王将要下江南的时候，就遣副将唐起送给可法一封长书，书上云：

予向在沈阳，即知〔燕〕山物望，咸推司马。

末云：

先生领袖名流，主持至计，必能深维（修）〔终〕始，宁忍随俗沉浮，取舍从违，应早审定，兵行在即，可东可西，南国安（老）〔危〕，在此一举。[10]

这书通篇意思，就是劝他不要主持南京朝廷，投降过来。可法覆了一封信辞严义正的□书，并表明了自己的态度，如云：

法北望陵庙，无泪可陨，身陷大戮，罪应万死。所以不即从先帝于地下者，实为社稷之故。〔传〕曰：竭股

肱之力,继之以忠贞。〔法〕处今日,鞠躬尽瘁,克尽臣节而已。[11]

后来豫王又遣李遇春[12]送来一书,云:

公忠义闻华夏,而不能见〔信〕于朝廷,死〔无〕益也,盍遨游二帝以成名乎?[13]

可法连答也不答了。及清军围了扬州,豫王仍希望他能投降过来,又给他一书,这时连看也不看,投到火中烧了,并且毅然说道:"天朝没有投降的宰相,只有与〔城〕俱止了。"[14]

现在史可法虽然没有投降过来,却被生擒了来,豫王自然不愿就杀了他,总希望他能够□洪承畴,费尽心机,百般劝诱,那堂堂铁□的史可法如何能屈?终于把他杀了!我们看史可法的生平,真个同诸〔葛〕侯一样,"鞠躬尽瘁,死而后已",即如一封给他的夫人道:

"可法死矣,前与夫人有约,当于泉下相候也。"[15]

这三封书,都留在督师公署,上面写著四月十九日,是知他虽不能挽回□□的末运,然而他尽了他的力量,直至于死!

且看这偌大的扬州城,被清兵闹得比地狱还惨,奸抢焚杀,无所不为,正如三百年后现在的日本兵的兽行一样,当时有一位江都人王秀楚[16],他留下了一篇血史《扬州十日记》,照他的记载看来,五天的光景,就屠杀了八十多万人,妇女上吊的投水的被掳去的,以及饿死的骇死的还不在数,作者不用在这里重述了,读者自己去翻翻这篇血史罢,看看同我们的日本敌人现在放下的血债有什么分别没有?[17]

注

[1] 姚思孝（生卒年不详），崇祯元年（1628）进士，弘光帝即位后，任光禄少卿，后晋升大理寺少卿。南京失守后出家为僧。

[2] 李之椿（1600—1651），直隶如皋县人，天启二年（1622）进士，为天崇五才子之一。弘光帝即位后，任其为尚宝寺卿。

[3] 吴希哲（生卒年不详），严州府淳安县人，崇祯四年（1631）进士。官至吏科都给事中，从政有方，惠民清廉，南宁失陷后隐居。

[4] 底本作"□登相"，疑为惠登相。

[5] 据《亡明讲史稿》本改为"仅"。

[6] 底本作"番"，据《亡明讲史稿》本改为"翻"。

[7] 据文意，"比即"疑为"立即"或"当即"之误。

[8] 李栖凤（1594—1664），字瑞梧，广宁人，本贯陕西武威，父李维新为明朝四川总兵，后降清朝，为清初明臣。

[9] 据文意，"带援"疑为"滞援"。

[10] 计六奇：《明季南略》（新北：文海出版社，1968年，《明清史料汇编四集》影印清刻本），卷2，页141—142。

[11] "无泪可陨"，原典作"无涕可陨"。同上注，卷3，页194。

[12] 李遇春（生卒年不详），时任泗州守将，后降清。

[13] 〔清〕查继佐：《罪惟录》（杭州：浙江古籍出版社，2012年），第5册，列传卷9上，页1531。

[14] "城"字据《亡明讲史稿》补。

［15］查继佐:《罪惟录》（杭州：浙江古籍出版社，2012年），第5册，列传卷9上，页1531—1532。

［16］王秀楚（生卒年不详），明末清初人，曾任史可法幕僚，《扬州十日记》作者，记载扬州十日清军屠杀之情况。

［17］按照当下语境，此段中部分将清兵与日本兵对照描写的句子不甚妥当，但考虑到该作写于抗战时期，作者借古讽喻战时情况的意图明显，故保留原作风貌，谨在此说明。

二十一

清兵打下了扬州的消息传到南京后,马阮一党各有各的打算,国家大事早已置之度外了。宏光皇帝虽然麻木的过著荒淫的日子,想来好景不(常)〔长〕,不免有些恐惶,于是召集群臣,商量迁都。礼部尚书钱谦益自从投在阮大铖门下以后,因为没有入阁拜相,还是不得志,他看清朝势大,洪承畴又是那样阔气,早想学洪承畴换个主子,转转官运,所以在朝会时候,宏光皇帝问及迁都的办法,有说迁往武林,有说迁往太平,有说迁往贵林[1],纷纷不一,独有钱谦益主张仍然留在南京,他想道,反正明朝天下完了,何必多延长时候?(于)〔与〕其多延时日,不如让我们早些择主而事罢。宰相马士英又怎样打算呢,他主张搬到他的家乡贵阳,这在他确是一条上策,把朝廷放在自家荷包里,有如诸葛亮之于阿斗,贵州虽小,还有西南数省呢。工科吴希哲却极力反对,宏光皇帝也以为太远太荒鄙,没有江南好,不高兴去。其实宏光皇帝想逃还没有马士英急迫,因为马士英的金银宝物比皇帝还多，自然要早作打算呢。他见皇帝不愿去贵阳，当即从城外调进贵州兵一千二百人，驻在鸡鸣山的庙上，又拨二百名看守私宅，他想这些子弟兵再靠得住没有了。

迁都的朝议，不久传到民间去了，民间益加惶惧起来。四月二十八日朝会时，宏光皇帝说道：

"外边人都说朕想逃走。"

"这话从那里来的？"东阁大学士问道。

宏光皇帝手指殿旁一小太监，意思告诉王铎[2]就是这小太监传进来的，忽又正色道：

"朝廷话不能随便传到外边去！"

王铎因又请问讲经的日子，皇帝冷冷的说：

"等过了端午节再说罢。"

王铎不觉的有些没趣。皇帝心想：这是什么时候呢？马上兵陷临城下了，你们这些大臣，不为国家打算，还粉饰太平呢？你有心讲经，俺却没心听了。

注

[1] 底本与《亡明讲史稿》本均作"贵林",编者疑为"桂林"。

[2] 王铎(1592—1652),天启二年(1622)进士,崇祯十六年(1643)为东阁大学士。为明末清初书画家,书法与董其昌齐名,有"南董北王"之称。

二十二

　　清兵五月初一到了瓜州，南京直接受著威逼了，宏光皇帝虽一天怕似一天，却无办法，只有听马士英、阮大铖摆布好了。眼看清兵就可以渡江直取南京，挨到端午节还不见消息，宏光好像从来没有这样高兴过，欢天喜地的同戏子在一块串戏，百官朝贺，他也没有功夫出来。端午节虽然平安（渡）〔度〕过，风声却坏得很。初七这天，宏光在清议堂召集了马士英、阮大铖、王铎、钱谦益、赵（士）〔之〕龙[1]、李乔、唐世济[2]等十六大臣，举行秘密会议。临散的时候，只听李乔、唐世济一同说道："就是降志辱身，也说不得了！"后来有人向他们打听，都说"时局虽然紧张，如今不妨事了"。这是什么意思？想全盘出让给大清呢。但是后来宏光同马士英、阮大铖为什么又逃走呢？就是因为投降的意见也不一致呀，马阮怕降过去丢了政权，赵之龙、钱谦益却怕别人分了出卖的功，所以后来又各打各的算盘了。

　　端午节过后的第四天夜半，刮著西北风，驻在瓜州的清军统帅豫王想，这正是渡江的好机会了。令兵士将百姓家里的桌子、茶几、抬凳、扫帚通通掠来，每两张桌儿捆在一起，把扫帚浇满香油拴在桌几腿上，燃了扫帚，放下江去，兵士就坐在桌儿上，乘风顺流而下，火光水光，照映天地。对岸江防兵看见，不知清军放了多少船只，渡过江来，甚是惊惶。不得已，只有大发炮弹向江心击去，但是风顺水急，越击越下，炮弹几乎发完了，清军却流得更近了。到了天亮的时候，清兵全数渡过南岸来了，豫王自己带了卫兵从七里港渡过江来。这时江防总兵官郑鸿逵[3]、郑彩[4]的部下，顿时奔溃，士兵部将（各各）〔个个〕卸甲抱头鼠窜，郑鸿逵带了一部分残兵，逃往丹阳，纵令部下抢劫一空，直往福建去了。巡抚霍达[5]方整队出衙，未到江边，听清兵上岸，即狼狈逃回，急换了下人衣冠，搭上小船，逃往苏州去了。

皇帝所在的京师动摇了，各城门紧闭著，城外尽是扶老携幼的难民，城里面呢，像网里的游鱼，东窜西撞总是找不到出路。平日声势赫赫的百官们，除了几位大僚同清军接上头了正筹备欢迎外，其余的也同老百姓一样的恐惧著焦虑著。但是宏光皇帝呢，他永远是达观的，乐天的，不愿意放过最后的享乐的机会，虽然常在左右的马士英、阮大铖近几天不大进宫了，他还是乐他的。清军到首都的郊野了，他不管，他还嫌宫里的戏子不够，传令把外边的戏子都召进宫来。他同太监韩赞周[6]、屈尚忠、田成杂坐在戏台下，不拘形迹的猜拳行令，台上的戏演到精彩的时候，他同太监们大声喝彩，清兵从城外送来的稀疏的炮声，统统沉在锣鼓的欢笑的声中，谁也分不出来，散戏以后，天已二鼓，宏光皇帝忽然感到敌人已经在城外了，如何是好，惟有找陪他听戏的太监们商量，大家却抓耳挠腮想不出主意来，最后还是韩赞周说：

"战不得，和不了，皇帝不如逃到靖南伯黄得功军中去，算是御驾亲征，岂不甚好？"

宏光听了，心窍一开，有如得救一般，说：

"你的主意想得好，我们就走罢，快些，快些！"

果真带了四五十个太监，同皇太后及一个妃子，跨在马上，悄悄的开了通济门，投奔坂子矶黄得功大营去。

那天天同皇帝厮混的宫娥女优们，皇帝狠心的把她们抛弃了，当皇帝走的时候，她们尽管是哭喊，皇帝却不闻不问了。每个人都像失去了魂魄，每个人心上都压了一块石头，也有回忆到自己的从前，本是清白的被骄养的过著日子，无端被拉入深宫里，又无端遇著皇帝逃亡，现在顿成孤苦零丁的人了，天呵，怎么办呢？大家都是热锅上的蚂蚁，走出走进，都离不了西华门外，虽然西华门是冷冷的开著，好像地狱在张著大嘴。从这大嘴中跳出罢，但外面是可怕的黑夜，一个男人也没有，繁华的南京城被埋葬了！

黎明的时候，京师又渐渐骚乱起来，除了几位大僚得到内监送行主儿逃了以外，所有百官都不知道，老百姓更加（闷）〔蒙〕在鼓里。礼部尚书钱谦益早已拿定了主意，为了献给清帅豫王的礼物，筹备了一夜。天亮了，乘上轿子来看看马阁老的动静，走入丞相府内厅，马士英匆匆走出来，拱拱手道：

"奇怪奇怪，真没想到今天，我有老母在堂，不能随老先生殉国了！"

钱谦益见士英头戴小帽，脚著快靴，身穿马衣，正是要远行的样子，未便周旋，随即辞出。然而心中笑道："你宰相不殉国，谁还殉国？"

士英骑在马上，后面妇女多人都是坐著轿子，带了家丁百余人，贵州卫兵数百人，浩浩荡荡，往通济门奔来。不意守城兵将，坚不开门，声言宰相既然逃命，金银珠宝何不留下。士英听了大怒道：

"这太不成（传）〔体〕统了，居然问宰相要买路钱，国家安能不亡！"

要想令护卫兵丁打出城门,又恐相持不下,反误行程。于是手指后面他母亲的轿子,命卫兵告诉守城兵将,说:

"皇太后大驾在此,不得无礼,赶速开城!"

守城兵将依然不理,士英只得令家丁捧了三盘元宝,守城兵将见了,立刻抢尽。然后开了一面城门,让士英等鱼贯逃去。后面抬有围屏一架,被守城兵将扣留,这围屏尽是玛瑙珠宝镶砌而成,价值无算,乃西洋进贡之物。因为不好分配,大家一哄而上前,把围屏击碎,各人分一小块而走。

宏光皇帝偷偷的逃了,一人之下万人之上的马阁老不知去向了,剩下没全带走的贵州兵在大街小巷抢起来,平常老实不过的百姓暴动了,焚毁了马阁老府,抢劫了阮大铖等家。原想活捉了阮大铖,那知他乖觉得很,也不知去向了,只留下一群歌姬舞女,立时也就星散了。

早已作了汉奸的忻城伯赵之龙出告示安民了,上面写著大字道:

"大驾播迁,本府死守此土;已致大清帅,自有裁酌,尔民不必惊惶徙避……"

有一乞丐在一座桥旁的人家墙上,见了这张安民告示,不觉长叹一声，随著冷笑道，"好个大明忠臣！"忽然拿了一块煤炭，在桥上题起诗来：

三百年来养士朝，如何文武尽皆逃？

纲常留在卑田院，乞丐羞存命一条！

这乞丐题了诗，身子往桥下一纵，流水无情，立即将他淹没了！

注

[1]底本与《亡明讲史稿》本皆作"赵士龙",疑误写,应为"赵之龙"。赵之龙(?—1655),江南虹县人。因拥立福王即位,在福王政权时把持朝政,后降清。

[2]唐世济(1570—1649),浙江乌程县乌镇人,万历二十六年(1598)进士,历官兵部右侍郎,累官至左都御史。

[3]郑鸿逵(1613—1657),郑芝龙之弟,崇祯十七年(1644)任镇江总兵、镇海将军。后与郑成功一同抗清。

[4]郑彩(1605—1659),明末海盗,泉州府同安县人,天启五年(1625)与父亲郑明一起投奔郑芝龙。隆武帝于福建称帝时,封郑彩为永胜伯。1647年时迎鲁王朱以海势力入福建,受封建国公。

[5]霍达(?—1661),陕西西安府长安县人,崇祯四年(1631)进士,崇祯年间任应天巡抚。

[6]韩赞周(?—1645),明末宦官,清军攻入南京后,自杀殉国。

二十三

南京城的百姓,已经知道忻城伯赵之龙马上要将城献给清军,大家更加不安起来,有如天塌了似的。大家不约而同的都走到忻城伯府打听消息,千千万万的百姓全拥挤在忻王府前,忽然人群中有一人高声叫道:

"我们跪下求求赵爷罢,莫要让鞑子兵进城!"

这人话一落音,大家都跪下来了。赵之龙在府中先是见百姓来得太多,怕激成民变,不敢出头。以后听说百姓都跪下了,想他们不敢有什么举动的,才走出大门口对百姓们说:

"大清兵早已到了城外,我们既然没有力量守,只有迎接他进来。不然,还不是你们百姓遭殃,我们做官的怕什么,正是为著你们呀!扬州城破的情形,你们该知道罢,大清兵的奸杀焚掠该多惨呀!所以我替你们著想,只有竖了降旗,才能得到保全的!"

百姓听了赵之龙提起扬州的事，个个打著寒战，谁也不敢再说求求他不要让鞑子兵进城了。

赵之龙见百姓们垂头丧气的散了，知道他们闹不出事来，胆子更壮了。于是他约了礼部尚书钱谦益、总宪李乔，以及保国公朱国弼[1]、镇远侯顾鸣郊、驸马齐赞元[2]等，出城恭迎，清帅豫王带领大兵前进时，他们远远的跪在道旁，适逢大雨淋漓，道路泥泞不堪，因为这五月正是江南梅雨季。渐渐豫王前卫走到这几位大僚跟前，命人将他们喝起，他们遂匍匐上去，恭恭敬敬的行了四拜礼。当天豫王大营即驻天坛，并未进城。

次日，赵之龙等一群大僚统率百官同到豫王营中，行了四拜礼后，献上册书，豫王问了江南各地情形，之龙一一具答，并且说了许多迎合新主子的话，豫王大喜，当封之龙为兴国公，之龙四拜谢恩毕。又命总宪李乔奉捧了两道告示入城黏贴，一道是大清摄政王晓谕江南文武官民的，告示道：

> 大清摄政叔父王令旨，晓谕河南、南京、浙江、江西、湖广等处文武官员军民等知道。尔明朝崇祯皇帝遭难，陵阙焚毁，国破家亡，不遗一兵，不发一矢，不见流贼一面，如（虎）〔鼠〕藏穴，其（罢）〔罪〕一也。及我兵进剿，流贼四奔，尔南方尚未知京师确信，又无

遗诏,擅立福王,其(罢)〔罪〕二也。流贼为尔大仇,不思征讨,而诸将各自拥众,扰害良民,自生反侧,以启兵端,其(罢)〔罪〕三也。惟此三(罢)〔罪〕,天下所共愤,王法所不赦。予(以是)〔是以〕恭承天命,爰整六师,问(罢)〔罪〕征讨。凡各处文武官员,率先以城池地方投顺者,论功大小,各升一级。梗命不服者,本身受戮,妻子为俘。……特兹晓谕,咸使闻知。[3]

一道是豫王的:

顺治二年五月日,钦命定国大将军豫王令旨,谕南京等处文武官员军民人等知悉。余奉圣旨,统领大兵,勘定祸乱,顺者招抚,逆者剿除,大兵到处,兵不血刃。官员赍捧敕印来降,不次优擢者有之,照旧供职者有之,民间秋毫无犯,产业安堵如故。昨天大兵至扬州,城内官员军民婴城固守……迟延数日,官员终于抗命。然后攻城屠戮,妻子为俘,是岂予之本怀,盖不得已而行之。嗣后大兵到处,官员军民抗拒不降,扬州可鉴。……今福王僭称尊号,沉湎酒色,信任佥壬,生民日瘁。文臣弄权,只知作恶纳贿;武臣要君,惟思假威跋扈。上下离心,生民涂炭极矣。予念至此,感叹不已,故奉天伐罪,救民水火,合行晓谕。[4]

豫王受了册书后，本应进城入宫，受百官朝贺，但是豫王谨慎，怕有人民不服，乘机为乱。即谕兴国公赵之龙转令百官前投大营朝参，由各部大臣各衙门长官随营点名，凡有不来朝参者，认为抗拒天命，戮其本人，俘其妻子，没收其财产。豫王因见下扬州时，随史可法抗命殉国的甚多，心想明朝大臣中，定有不少忠臣，不愿归顺，那知朝廷正士早被马阮一党杀掉了撵走了，剩下的几乎全是赵之龙、钱谦益一流人物。

百官听了豫王在大营受贺的消息，无不色飞眉舞，以为大清统一了中国，是千载难遇的风云际会，较之以前屈居小朝廷下，地少官多，油水有限，真有天上地下之别。所以从十六日受贺起，才到第二天，文武百官的职名红帖，在大营报名处，五尺高一堆的，竟堆至十几堆之多，可见当时南京吃老爷饭的，也许比百姓还多罢。至于百官参贺不过遥遥的向豫王四拜而已，几位大僚，自然不同，他们官大，被豫王看在眼里；他们的关系多，投降了还是高官；像王铎，他的兄弟王〔镆〕，早在清营中当差了，故他投降后，很得豫王看得起。钱谦益呢，老谋深算，早经安排。他有一门客，姓周名筌，口齿伶俐，狡猾有[5]机智，谦益便派他密见豫王，私通消息说："吴下民风柔软，飞檄可定，无烦用兵。"豫王听了大为欢喜。心下觉得这钱谦益，识时务，心机灵活，不是死读书人，难怪他会作诗，高人一等。既然早通了款曲，谦益在豫王心中也就非同小可了。

注

[1] 朱国弼（生卒年不详），夏邑人，明朝军事将领。南明时晋为保国公，后降清。

[2] 齐赞元（生卒年不详），北直隶保定府高阳县人，天启六年（1626），娶遂平公主，授驸马都尉。南京陷落后降清。

[3] 佚名：《江南闻见录》（北京：北京图书馆出版社，2005年，《明清史料丛书八种》影印《明季稗史汇编》本），页2。

[4] 同上注，页2—3上。

[5] "有"疑应为"又"。

二十四

豫王打算进城,先令官员两名,骑兵五百,由礼部钱谦益引入筹备,时洪武门大开,清官骑著马昂然而进,钱谦益也骑了马陪在后面。谦益抬头见了先朝宫阙,忆旧之怀,油然而生,仿佛不久以前辉煌的红墙绿瓦,画栋雕梁,忽尔黯然无色,宫阙内外,早经赵之龙派兵护守,亦偶有三数内官出入其间,但往日气象都非,俨然是一座古庙。钱谦益此时不禁良心一动,落下泪来,遂即下马,朝向宫阙毫无精神的拜了四拜,清官问道:

"你这四拜,是何缘故?"

谦益道:

"我痛惜高皇帝三百年之王业,一朝废坠,身受先朝厚恩,不免有些痛心!"

清官也庄重的说道:

"只听说钱老先生文章好，原来还是忠臣！"

又隔一日，清兵大部分入城了，南京城虽然大，平日官员多，百姓也多，一旦大兵入城，那有如许空房？豫王下令，城内以大中桥北河为界，东边作兵营，西边作民房。凡通济、洪武、太平、神策、金川六门以外，所有百姓都得迁到西边去。可怜这住在东北城的百姓，得了这道命令，真像天外飞来的横祸，国家已经亡了，生杀都操在人家手中，谁敢说个"不"字。只有提男抱女，日夜搬移，闹得全城俱是哭声，有舍不得自家产业，上吊的有，投水的有，无钱租房子搬不了全家被逼死的也有，那凄惨的情况，真不下扬州的屠杀。

五月二十四日这一天，豫王入城了。先两日礼部红榜，黏满了全城，命全城文武百官届时前往郊迎。又令全城百姓家家摆设香案，上面供著黄纸牌位，中间写道"大清国皇帝万岁万万岁"，两旁配著"风调雨顺国泰民安"八个字。并且在大门上，写著斗大"顺民"两字。这天将到五鼓时分，文武百官不约的都聚集在洪武门外，各官员有著红袍的，有著蓝袍的，也有著素服的，都整整齐齐，按照官职秩序，分别跪在大路两旁，鸦雀无声的静候豫王大驾。到了日午的时候，远远走来一队禁卫兵，戎衣整肃，佩挂刀箭。慢慢一对白棍了前导，后面豫王身著大红锦箭衣，乘著银白骏马，威风凛厉，皇帝一样。道旁文武百官，跪了几里路长，却没一个敢抬头的，都战兢兢[1]的忙著磕头。

豫王进了洪武门，由新受封的兴国公赵之龙，以及保国公朱国弼、镇远侯顾鸣郊、驸马齐赞元、礼部尚书钱谦益等，步行随侍马后，直入明宫。休息一回，便叩请豫王登殿受贺，其时城外百官，已赶到殿下，四拜礼毕，即令退朝，恭候新命。

新主子受贺大典，亡明文武百官，自应各呈贡品，以表忠悃，大都贡献"礼币"，少者数千金，多者万金，新主子要的是江山，也不计较这些。钱谦益独不献"礼币"，却奉献一些骨玩。礼单上小字楷书"太子太保礼部尚书兼翰林院学士臣钱谦益叩首，谨启上贡"，计开：

> 金银壶一具，珐琅银壶一具，蟠龙玉杯一进，宋制玉杯一进，天（历）〔鹿〕犀杯一进，夔龙犀杯一进，葵花犀杯一进，芙蓉犀杯一进，珐琅鼎杯一进，文王鼎杯一进，珐琅鹤杯一对，银镶鹤杯一对，宣德宫扇十柄，真金川扇十柄，弋阳金扇十柄，戈奇金扇十柄，百子宫扇十柄，夏金杭扇十柄，真金苏扇四十柄，银镶象箸十双，右启上贡。

下款写"顺治二年五月二十六日太子太保礼部尚书兼翰

林院学士臣钱谦益"。[2]这些高雅的东西，一一用锦盒装好，抬到丹墀之下，比起那砖块的黄金，壮观得多了。当时钱谦益叩首致辞，豫王心中早有了他的印象，又见奉献了这些清玩，不觉为之动容，钱谦益虽不敢正视王爷，也感到王爷的优遇。散朝回府，坐在轿子中有些飘飘然。

豫王入城第二天清晨，新降大臣方在入朝之时，忽有降将广昌（侯）〔伯〕刘良佐派人报捷，言已擒获宏光皇帝，现在押送城外，请王爷谕示。豫王大喜道：

"本王已有告示，福王来朝，例同列王，可惜是被擒来的。"

新降大臣面面相觑一回，有人出班奏道：

"福王不识天命，希图抗拒本朝，赖王爷威德，福王归命，以除后患，臣等礼当叩贺。"

这一群大臣们，又四拜一番。豫王南面坐著，一面点头，一面微笑。大臣们见豫王微笑，也都陪著高兴。

注

[1] 疑缺字，应为"战战兢兢"。

[2]〔清〕李天根著，仓修良、魏得良点校：《爝火录》（杭州：浙江古籍出版社，1986年），下册，卷10，页476—477。

二十五

先是福王逃出南京城时,直往芜湖黄得功大营奔去,因为黄得功击溃左军以后,即屯军芜湖,抵御清军。得功正在前方,闻福王突然奔来,不禁大惊,急回芜湖,叩见后,忽而泣下道:

"陛下死守南京,臣等犹可尽力,奈何听奸人之言,轻于逃到此地?此陛下自误,非臣等误了陛下。且臣等正在对敌作战,如何保得了陛下?"

宏光皇帝哭道:

"非卿无可依靠,所以逃来了。"

得功亦哭道:

"臣惟有效死而已。"

时清军早到,黄得功已经在荻港同清军打过一仗,臂上受了箭伤，还用白布裹著。及清军又来挑战，得功佩刀坐在小船上，指挥部下八总兵奋勇迎敌。终于不分胜负，两下停兵。此时刘良佐降了清军，得功尚不知道，清军见黄军勇猛，因令良佐招降得功。良佐带了兵从，清军亦（掩）〔偃〕旗息鼓随在后面，派人请得功谈话，得功听良佐邀请，以为他带了援兵前来，甚是欢喜。当即坐了小船赴会，渐渐靠近对岸，见良佐站在那方，得功含笑招呼，忽见良佐穿了一身马蹄袖满清衣服，额上剃得精光，后面打了辫子，大吃一惊，怒吼道：

"你拖了狗尾巴，难道降了吗？"

良佐答话道：

"明朝天命已终，黄将军还不归顺，同享富贵。"

得功听了大怒道：

"明朝待你不薄，你竟投降了鞑子，你还有廉耻么？"

良佐又道：

"东平伯刘泽清也归顺了，黄将军不要不识天命！"

得功又怒道："我黄将军不能像你们一样无耻！"说罢，

急令开船回营,忽然清军在岸上喊声大作,箭如雨下,得功喉上中了一箭。偏将等将他救回大营,他叹道:

"我是完了!"

竟拔剑自刎而死。黄夫人得报,也自缢而死。

黄军部下见主将已死,惶急无所适从,而清军又蜂拥前来,杀声遍地,不战而溃。

时宏光皇帝寄居得功部总兵翁之琪[1]船上,有一部将田雄[2],见大营已溃,急登之琪船中,背走宏光。事出(田雄)〔之琪〕[3]意外,惊惶失措,不及牵住田雄,痛哭不已,旋即自刎殉了宏光皇帝。

注

[1] 翁之琪（？—1645），浙江杭州府钱塘县人，崇祯九年（1636）武状元，累功升为总兵。

[2] 田雄（？—1663），直隶宣化人，原为明朝总兵，1645年降清，任杭州总兵。

[3] 底本、《亡明讲史稿》本皆作"田雄"，但据文意此处应指翁之琪，据文意改正。

二十六

刘良佐只见黄得功受伤,其部溃败,却不知宏光皇帝逃在得功军中,忽见兵丁入报,说田雄背了宏光投来,心中狂喜,因同部下说道:

"宝贝居然落在俺的手中了,要算俺投降北朝第一大功!"

部下答道:

"将军鸿福,单凭这一件宝贝,换不来一个王爷吗?"

良佐于是亲身押送福王到了南京郊外,一边派人到豫王面前报捷,一边暂住天界寺候豫王发落。次日奉到豫王命令送宏光入城。

这消息被人民知道了,一人传十,十人传百,立刻全南京城的人民都传遍了。因为宏光皇帝,南京人没有不知道的,同时又没有人不恨他的。这些人民彼此碰见了,什么话不谈,只谈论这桩新闻。其实他们的心理，并不是（咀）〔诅〕咒宏光来迎合新主子，如同一群投降大臣似的，他们却是为了受著鞑子兵的宰割，益加怨恨他们的宏光皇帝，皇帝弄得他们家亡国破。他们总是这样叫喊著："要不是这个昏主，俺们怎么也不会变作鞑子呀！"可是宏光虽然被抢了来，他们的心理上得到了报复，而马士英、阮大铖等没有得到宏光一样的下场，这是他们心理上不能满足的。如说："那马阁老、阮尚书怎么没有提了来？真真便宜了！"

宏光皇帝快进城了，大街小巷都拥挤著人，先是豫王令他的部下，防止人民不要因他们的皇帝来了有什么骚动，之后见人民个个都怀著一颗怨恨的心，也就不来干涉这全城的观众了。过去无数人的生命幸福，都被踩躏在这一人的脚下，今天这无数人的眼中射出心底怨恨的光，却集中在这一人身上。这一人怎样呢？他首蒙包头，身穿蓝布衣，坐在两人抬著无幔的小轿子里，不久以前还是衮冕辇车，现在该是多么的郎当呀！他燃起了群众的怒火，他们看见宏光皇帝那副落魄像，不移不动一点怜悯心，反而更觉得这独夫的无耻。于是有唾骂的，有嘲笑的，有掷石子打他的，他不声不响的，俨然一匹待决的老鼠。

宏光皇帝被押送到内守备府，因为豫王在那里。豫王并没有即刻传见他，使他在府外立候了许久，然后才传他进去。

他见豫王南面坐著,连忙叩头,豫王等叩了头,命他坐下,他一句话也说不出来,真真像一匹待决的老鼠。

豫王命在灵璧侯府设宴,款待这位俘虏皇帝。陪宴的有忻城王赵之龙、礼部尚书钱谦益等八位大臣,还有一位那伪太子王之明,这王之明总算有傀儡的福气,东林党人何尝不知道他是冒牌的,然而竟劝左良玉为了他发动了八十万人马,如今豫王又何尝不知道他是冒牌的,偏偏把他当作真货,豫王命宏光皇帝坐在王之明下,表示他是崇祯皇帝的太子,福王不能僭的。酒过三巡,豫王就著席上的傀儡出问题给宏光皇帝了:

"你的先帝本有太子,你擅自做了皇帝,这是什么意思?"

宏光皇帝没有答,又问:

"你的先帝太子,逃难远来,你不让位给他,反辗转折磨他,又是什么意思?"

这简直是崇祯皇帝的臣子口气,问得不算没有理由;可是那陪客的礼部尚书钱老爷,原是拥立福王的主角之一,他本应来作个答复;但他同宏光一样的默默无言。毕竟是王之明有他太子的聪明,替宏光皇帝转圜道:

"皇伯手札召我来后,不特不认我了,又改了我的姓名,又用极刑来拷打我,我想,这大概都是奸臣马士英、阮大铖等干的,皇伯或者不知道的。"

豫王又问:

"你既然擅自做了皇帝,闯贼未除,为什么不见你遣兵讨贼呢?"

这正是上面豫王晓谕江南官民的话,"国破君亡,不遣一兵,不发一矢,不识流贼一面,如鼠藏穴"。这该是多么堂皇的质问,宏光皇帝自然答不出来。豫王又问:

"我兵尚在扬州,你为什么就逃,自己这样打算?还是别人教你的?"

这一问又是多么关切呀!是呀,你是一国之主,怎么能够随便弃了京城望风而逃呢?宏光皇帝尽可以推到太监韩赞周身上,然而他还是不答。只觉汗出不已,那蓝布衫全湿了,终席低著头,从前的豪兴一点也没有了。席下还有乐户二十八人,几天以前最喜欢同一群女戏子厮混,今天却意兴索然了。其实陪客中的如钱老爷,本是老臣,相别才几日,为什么不可以尽量喝酒纵情谈话呢,这东林党魁又是诗人的钱老爷却也沉默起来了。也许他的柳夫人没有在身边的关系罢？柳夫人是喜欢热闹的，阮兵部不久江上誓师讨左良玉的时候，柳夫人不也到场了么？她身穿戎服，头插雉毛，骑在马上，煞似戏台上的女元帅，今天若是参与了皇帝太子统帅的大宴会，席上该不至寂寞到这步田地罢？

席散以后，宏光皇帝又被押送到江宁县。豫王下谕南京大臣道："尔等皆系福王旧臣，有愿往视者，本王亦不之禁。"豫王虽然有这道谕旨，却没有人愿意去看这位阶下囚的皇帝，按理说，也没有去的必要，有如一个女人改嫁了后，还去同她的前夫重叙旧情吗？覆水难收，古训（照）〔昭〕然。也有跑到江宁县去的，即安远侯柳祚昌[1]、侍郎何楷之[2]——只有这两位老爷。宏光皇帝是不是学李后主"以泪洗面"呢？不，一点也不。他嘻笑自若，仅仅问道：

"马士英奸臣那里去了！"

所奇怪的马阁老忽然在他口中变成奸臣了！后来《明史》把马阁老同他的契友阮大铖都位置在奸臣传里，也许就是受了宏光皇帝这句话的启示罢？又到后来——三百年来的现代，有他的老乡一个姚老先生作了一部《马阁老（辨）〔洗〕冤录》[3]，这书内容，作者却没有看过，大概是向宏光皇帝反诉罢？但事关诉讼，与作者无关。作者且抄副对联，作个结束，这对文是宏光皇帝逃出南京的前九日——五月初一，贴

在东西长安门柱子上的,是何人所作,是何人所贴?已无从考据了。对文道:

  福人沉醉未醒,全凭马上(原注:士英)胡诌。

  幕府凯歌已休,猛听阮中(原注:大铖)曲变。

注

[1] 柳祚昌（生卒年不详），安徽怀宁人，为明成祖大将柳升八世孙，袭封安远侯名号。南京陷后降清。

[2] 何楷之，疑为何楷（？—1645），泉州晋江人，天启五年（1625）进士，官至工科都给事中，因弹劾杨嗣昌等人被降职为南京国子监丞。福王时被擢为户部右侍郎，兼工部右侍郎。

[3] 姚大荣（？—1939），贵州人，光绪九年（1883）进士。

附录一

亡明作为隐喻——台静农《亡明讲史》

◎王德威

"历史有如梦魇,我挣扎从中醒来。"

——詹姆斯·乔伊斯(James Joyce)《尤利西斯》

1937年夏天抗日战争全面爆发,台静农(1902—1990)和千百万难民撤退到大后方。他落脚四川江津,先于国立编译馆担任主编,随后受聘执教白沙女子师范学院。战争带给他重重考验,包括痛失爱子。[1]但一如他日后所言,这只是"丧乱"之始。[2]也就在此时,他写下《亡明讲史》。

台静农是现代中国文学史的传奇人物。因为家国丧乱,

---

[1] 1939年台静农四子夭折,时为台避难四川白沙第二年。罗联添:《台静农先生学术艺文编年考释》(台北:学生书局,2009年),页277。
[2] 台静农:《始经丧乱》,载《龙坡杂文》(台北:洪范出版,1990年),页148。

他的生命被切割成两个截然不同的部分。台静农生于安徽，青年时期深受"五四"运动洗礼，关心国家，热爱文学，并视之为革命启蒙的利器。1925年他结识鲁迅（1881—1936），随后参与左翼活动，1930年北方左联成立，他是发起人之一。[1] 也因为左派关系，他饱受国民党政府怀疑，1928至1934年间曾三次被捕入狱。[2] 抗战时期台静农避难四川，巧遇"五四"先驱、中国共产党创始人之一陈独秀（1879—1942），成为忘年交。[3]

抗战胜利后，台静农并未能立即离开四川。1946年去留两难之际，他觅得台湾大学一份教职，原以为仅是跨海暂居，未料国共内战爆发，让他有家难归。在台湾，台静农度过了他的后半生，他乡成为故乡。

台静农在台大中文系任教二十七年，其间任系主任长达二十年，广受师生爱戴。除任教治学外，他以书法见知艺坛，尤其擅长倪元璐体，被张大千誉为三百年来第一人。台的才情风范成为"五四"一辈来台学者的典型，然而在彼时的政

---

[1] 有关台静农先生生平以及学术艺文成就最翔实的数据为罗联添教授所编辑之《台静农先生学术艺文编年考释》，台静农参与左联，页175。
[2] 见台静农挚友李霁野的回忆，《从童颜到鹤发》，收入陈子善编：《回忆台静农》（上海：上海教育出版社，1995年），页6。
[3] 见台静农文：《酒旗风暖少年狂——忆陈独秀先生》。另参考陈子善编：《回忆台静农·附录》，页343—349。

治氛围下，他对早年的经验讳莫如深——包括了战时所写作的《亡明讲史》。

*

《亡明讲史》顾名思义，讲述明清易代之际，天崩地裂的一段史事。全书始于李自成（1605—1645）攻陷北京，长驱直入紫禁城自立大顺王，百官四散，崇祯皇帝（1611—1644）走投无路，自缢景山。继之福王在乱中建都南京，是为弘光朝。此时清军已经席卷大明半壁江山，南明小朝廷偏安一隅，兀自内斗不已。福王昏聩颟顸，耽溺酒色，马士英、阮大铖把持朝政，左良玉、刘泽清拥兵自重，史可法等少数忠臣良将一筹莫展。这是一出完美的亡国大戏。果然，清兵不久长驱直入，扬州十日，嘉定三屠，最后南京沦陷，福王窜逃，未几被俘。南明弘光一朝从开始到结束，为时不过一年。

《亡明讲史》完成于抗战最胶着的时期，廖肇亨推断为1940年前后；因为陈独秀在当年秋天已经先睹为快，并致书台静农，鼓励他"修改时望极力使成为历史而非小说，盖历史小说如《列国》《三国》，虽流传极广，实于历史、小说两无价值也"。[1]陈独秀是"五四"运动和左翼革命的先驱,也是中共早年最重要的人物之一;但他之后被贴上托派标签,驱逐出党,并进了国民党的监狱。台静农认识陈独秀时,陈甫出狱,穷途潦倒。两人很快在彼此身上找到默契:他们都曾经是革命理想的信徒,却各自走上曲折道路。时不我与,他们流落在西南边陲小城,幽幽相濡以沫。

在对日战争如火如荼的时刻,台静农写出一部写灭明的小说,自然是甘冒不韪。原因无他,此书太容易被视为讽刺国民党政权的末世寓言。这期间他曾先后写出杂文,针砭时政,感伤民生。《亡明讲史》更以"讲史"形式,暗示历史的永劫回归:大敌当前,国民党退居西南,纷纷扰扰,何曾全力投入抗战?明亡殷鉴不远,民国的命运又是如何?

台的讥诮可能出于早年政治经验,但更来自知识分子感时忧国的心声。不论如何,这是一部危机之作,也是一本危险之作。日后他携带此一书稿来到台湾,在戒严的时代里,当然心存顾忌。《亡明讲史》被束之高阁,良有以也。

---

[1] 陈独秀于1940年10月14日与台静农书信,《台静农先生珍藏书札(一)》(台北:"中央研究院"中国文哲研究所,1996年),页64。台静农:《酒旗风暖少年狂——忆陈独秀先生》,收入许礼平编:《台静农诗集》(香港:翰墨轩出版有限公司,2001年),《附录》,页74。陈独秀与台静农之往来信件超过三百封,都有妥善保存。台静农将这些书信带到台湾,在白色恐怖时期还小心保藏。

我们今天该如何评价这部迟到八十年的抗战小说？抗战期间流亡知识分子颠沛流离，每有兴亡之叹。南明作为隐喻，清代即有脉络可寻，此时又成焦点。陈寅恪（1890—1969）北望中原，曾写下："南渡自应思往事，北归端恐待来生。"[1]陈的亡明情结延续到1950年代，以《柳如是别传》（1958）为高潮。冯友兰（1895—1990）则以较乐观的眼光看待，称之为"第四次南渡"。冯认为中国历史的前三次南渡分别是第四世纪的晋室南渡、十三世纪的南宋偏安，与十七世纪的南明起义。这四次南渡都将中华文明逼向一个存亡危机；政治正统、文化与知识命脉都备受考验。[2]冯友兰宣称抗战引发的第四次南渡将以北归作结；贞下启元，剥极必复，中国必能复兴。

相对于此，左翼文人如阿英（钱杏邨，1900—1977）在上海写出南明系列戏剧《碧血花》、《海国英雄》、《杨娥传》和《张苍水》。郭沫若（1892—1978）则于1944年——明亡三百周年（1644—1944）——写出《甲申三百年祭》。郭以李自成农民起义的角度写出革命的史前史，赞美闯王的反叛精

---

[1]陈寅恪：《蒙自南湖》，载《陈寅恪集》（北京：生活·读书·新知三联书店，2001年），第7册，《诗集》，页24。
[2]冯友兰：《国立西南联合大学纪念碑碑文》（1946年5月4日），收入北京大学等编：《国立西南联合大学史料·总览卷》（昆明：云南教育出版社，1998年），页283—284。

神,遗憾其人刚愎自用,终不能成大业。他并推崇仕宦子弟出身的李岩,"有了他的入伙,明末的农民革命运动才走上了正轨"[1]。郭期待延安的共产党记取甲申教训,为革命开出新局。郭文引来国民党强烈抨击,日后却成为革命书写名篇。

台静农在甲申之前数年就写出《亡明讲史》,即使无意为风气先,也的确流露出一种强烈的世变心态。[2] 国难当前,当权者却依然贪腐无能,有识之士怎能不忧心忡忡?但台静农与郭沫若极有不同之处。对郭而言,历史进程必须以革命来实践,延安势力不啻是民间起兵的进步表征。他期望的历史充满破旧立新——尤其是建构国家民族——的力量。然而对台静农而言,历史已经失去了这种承载过去、建构未来的目的性。他固然期待巨变,但对于巨变之下的不变——人性的卑劣、世事的无常、命运的"无物之阵"——却有不能自已的忧惧。

这让我们再思《亡明讲史》叙事风格的特征。改朝换代、国破家亡原来是再沉重不过的题材,台静农却采用了轻浮滑

---

[1] 郭沫若著作编辑出版委员会:《郭沫若全集·历史编》第4卷(北京:人民出版社,1982年),页190。
[2] 见廖肇亨:《希望·绝望·虚妄——试论台静农〈亡明讲史〉与郭沫若〈甲申三百年祭〉的人物图像与文化诠释》,载《明代研究》第11期(2008年12月),页95—118。

稽的方式叙述。崇祯王室最后一刻紊乱暴虐、宗室朝臣苟且偷生,南明小朝廷尔虞我诈,霎时大难临头,一切灰飞烟灭……他的叙事者仿佛立意将明朝灭亡写成一出闹剧。当皇帝与外寇、乱臣与贼子都成了跳梁小丑时,起义也好、战争也好、甚至屠杀也好,都不过是充满血腥的笑话。当历史自身成为一个非理性的混沌时,史可法等少数典范也只能充当荒谬英雄罢了。

《亡明讲史》读来不像一般我们所熟悉的历史小说。这也许是为何陈独秀看过初稿后,有所保留的原因;他希望台静农将小说写成历史,台静农却视历史犹如小说。陈独秀低估了台静农的心事。从文学革命到革命文学,台静农何尝不曾"呐喊"过、"彷徨"过?但到了抗战前夕,新文学的范式显然已无法表达他所感的时,或他所忧的国。在革命与启蒙之外,他感受到更苍莽的威胁铺天盖地而来。无论政治抱负上或个人情性上,他都面临着此路不通的困境。《亡明讲史》那样阴暗却又轻佻的口吻,已经清楚标示他的危机感。在这方面,台静农对话的对象不是别人,正是鲁迅。

*

1922年底,台静农成为北大学生,不久即参与"五四"

三大现代文学组织之一"明天社"的创立。[1]1925年,台静农结识鲁迅,迅速成为亦师亦友的知交。他们与几位友人[2]组织了"未名社",译介外国文学,特别是苏维埃文学。与此同时,他也编辑了文学史上第一本鲁迅作品批评论文集《关于鲁迅及其著作》。1930年秋,台静农和一群友人共同提倡创立"北方左联"(次年年初成立),台顺理成章地担任常任委员之一。1932年,鲁迅因为台的协助才能回到北京小住,发表了著名的"五场谈话",并参与两场地下论坛,而未遭到当局刁难。[3]台静农与鲁迅的深厚情谊也可从两人的书信往来,以及台静农关于鲁迅的演讲与写作中一见端倪。[4]1937年北平沦陷前一夜,台静农手抄鲁迅旧体诗三十九首,携带出奔。

"五四"之后,台静农开始小说创作,1928至1930年间,出版了《地之子》与《建塔者》两本短篇小说集。《地之子》描绘安土重迁的中国农民深陷苦难与惰性的循环,无法自拔;《建塔者》则彰显了革命青年如何建立起高塔般的使命,舍身蹈火在所不惜。合而观之,两作指出当时小说写作的两种趋

---

[1] 罗联添:《台静农先生学术艺文编年考释》,页64。
[2] 同前注,页66。其余四名成员为李霁野、韦素园、韦丛芜、曹靖华。
[3] 同前注。
[4] 2005年版《鲁迅全集》中,1927到1936年间,鲁迅写给台静农的书信有四十封。

势：乡土写实主义与革命浪漫主义。穿梭在"地"与"塔"之间，台静农为1920年代末中国小说添上最精彩的一笔。他精练的修辞、抑郁的风格，乃至对写作作为一种社会行动的思考，在在令我们想起鲁迅。鲁迅所编选《中国新文学大系·小说二集》有台静农小说四篇，是为收入篇数最多的作家之一，鲁迅对台的欣赏，可见一斑。[1]

乐蘅军曾指出台静农早期小说展现"悲心"与"愤心"的张力。《地之子》直面人世苦难，企图以无比的悲悯包容众生。[2]但在革命的时代里，"悲心"很快就为"愤心"所取代。《建塔者》描写革命青年如何饱受冷血迫害及自我抑郁的折磨。这些故事结构零散，声调若断若续，仿佛要讲述的真相总是难以说清；叙事者就像是个劫后余生者，从死亡的渊薮带回那一言难尽的讯息。

1930年代前后，台静农遭遇一系列政治打击。先是1928年初，未名社因为出版托洛茨基的《文学与革命》，被北京当

---

[1] 鲁迅在导言中如此称赞台静农的小说："要在他的作品里吸取'伟大的欢欣'，诚然是不容易的，但他却贡献了文艺；而且在争写着恋爱的悲欢，都会的明暗的那时候，能将乡间的生死，泥土的气息，移在纸上的，也没有更多，更勤于这作者的了。"详见《中国新文学大系·小说二集》（上海：上海文艺出版社，2003年），页16。
[2] 乐蘅军：《悲心与愤心》，载林文月编：《台静农先生纪念文集》（台北：洪范书店，1991年），页225—246。

局强迫关闭。台静农和另外两名译者韦丛芜、李霁野遭到逮捕。台静农入狱五十天，案情一度"颇为严重"。[1] 1932年末，台再次因持有革命宣传资料与炸弹的嫌疑被捕。[2] 尽管最后无罪释放，他却因此失去辅仁大学教职。1934年7月台静农第三次入狱，罪名仍为共产党关系。[3] 1935年出狱后，台静农在北京已无立足之地，只能在福建、山东等地寻觅教职。这些经验日后他虽绝口不提，但无疑已成为忧郁核心，渗入他的写作甚至书法。

如果台静农早期作品证明了他的"悲心"或"愤心"，《亡明讲史》则透露出他横眉冷言、笑骂一切的犬儒姿态。台静农的"悲心"与"愤心"来自他仍然视历史为有意义的时间过程，有待我们做出情感与政治的取舍。他的犬儒姿态则暗示他看穿一切人性虚浮与愚昧，进而嘲弄任何改变现状的可能。如此，他笔下的史观就不赋予任何一个时代，不论过

---

[1] 台静农于1928年4月7日遭到逮捕。许礼平编：《台静农诗集》，《附录》，页69—71。
[2] 参见李霁野：《从童颜到鹤发》，载陈子善编：《回忆台静农》，页6。台静农于1932年10月12日遭到逮捕，原因为持有"新式炸弹"以及"共匪宣传"。后来发现所谓的"新式炸弹"是台静农朋友留下制造化妆品的设备，所谓的"共匪宣传"则是未名社出版的书籍。
[3] 台静农于1934年7月26日与范文澜（1893—1969）同遭逮捕，并被移送到南京军警司令部。六个月后在蔡元培、许寿裳和沈兼士等人协助下才得释。

去还是未来，本质上的优越性，当下看来就像是过去的重复，反之亦然。

这一风格立刻让我们联想到鲁迅的《故事新编》(1936)。晚年鲁迅自谓以极尽"油滑"之笔重写历史或寓言；他刻意颠倒时代，张冠李戴，故事于是有了新编。在大师笔下，儒墨道德君子凄凄惶惶犹如丧家之犬，自命清高的老庄也难逃装模作样的嘲讽。纵是女娲的补天之举也只落得一场徒劳的闹剧。"油滑"的极致，不仅人间的秩序失去意义，天地的秩序也纷然瓦解。无物之阵的狂欢一旦启动，不论什么革命进步方案都注定被吞噬殆尽，就像《铸剑》中人头滚动的那口大鼎一样。

台静农以类似角度看待晚明——或抗战——天崩地解的现象，激烈性可想而知。他随性出入古今，从晚明看见民国，从文明看见野蛮。他质疑历史大叙事"诗学正义"的可能。我们阅读史可法的孤军奋斗、或扬州十日的屠城死难，与其说感受到天地不仁的悲怆，不如说是"生命不可承受之轻"的虚浮。钱谦益等士大夫的惺惺作态，崇祯皇帝的殉国死难，或弘光皇帝的昏聩荒淫，不过殊途同归，都为大明送终而已。台静农如此描写崇祯的最后一刻：

宫中树木新叶正发，晨光中已能辨出油绿的柳色，皇帝不禁心酸,霎时间过去十六年中的一切,都一一的(陈)〔呈〕现在面前,忽又一片漆黑,一切都不见了,只有漆黑。[1]

他笔下的扬州十日:

且看这偌大的扬州城,被清兵闹得比地狱还惨,奸抢焚杀,无所不为,正如三百年后现在的日本兵的兽行一样……五天的光景,就屠杀了八十多万人,妇女上吊的投水的被掳去的,以及饿死的骇死的还不在数,作者不用在这里重述了,读者自己去翻翻这篇血史罢,看看同我们的日本敌人现在放下的血债有什么分别没有?[2]

在这层意义上,《亡明讲史》流露的幽暗意识不再局限于政治、道德批判,而有了本体式的、横扫一切的戾气。

---

[1] 参阅本书页29。
[2] 参阅本书页143。

*

赵园论明末时代氛围,总以王夫之所谓"戾气"二字。[1]她在时人论述里不断发现"乖戾"、"躁进"、"气矜"、"噍杀"和"怨毒"等字眼,显现一个激切纷乱、上下交征的时代如何动人心魄。始作俑者当然是皇朝无所不在的暴虐统治,尤以对待士大夫为甚。有关明代种种钳制、杖杀、逮系、监视、流放的"规训与惩戒"已有极多研究,赵园则提醒我们,这样的统治风格如何渗透至各个阶层,形成见怪不怪的感觉结构。帝国表面踵事增华,恐怖与颓废的暗流早已腐蚀民心,以致沆瀣一气。

时至晚明,朝中阉党与东林党斗争你死我活,几无宁日;上行下效,民间也形成尖峭寡恩的风俗。刘宗周因此感叹:"乃者嚚讼起于累臣,格斗出于妇女,官评操于市井,讹言横于道路,清平世宙,成何法纪?又何问国家扰攘!"[2]更重要的,戾气所及,穿透舆论清流,模糊了仁暴分野。鼎革之际,烈夫节妇或殉难、或抵抗者不知凡几,固然展示视死如归的

---

[1] 赵园:《明清之际士大夫研究》(北京:北京大学出版社,1999年),页1。
[2] 刘宗周:《上温员峤相公》,载戴琏璋、吴光主编:《刘宗周全集》(台北:"中央研究院"中国文哲研究所筹备处,1996年),第3册,文编八,页519。

勇气，换个角度看，却也不无铤而走险、甚至"施虐与自虐"的症候群。[1]

《亡明讲史》写尽了弥漫明清之际的戾气。这戾气吞噬袁崇焕、左光斗，也吞噬魏忠贤、李自成；吞噬史可法、高杰，也吞噬马士英、阮大铖。掩卷兴叹之余，我们要问，作者台静农自己不也难以幸免？全国抗日的时刻，敌我忠奸的杀伐之气甚嚣尘上，而台静农似乎走得更远，流露出玉石俱焚的忧郁和诅咒。怨毒著书，史迁不免。但他必已感觉《亡明讲史》这类作品可一而不可再。

如何化解这样的戾气成为台静农最大的考验。我所关注的是，台静农撰写《亡明讲史》同时，已经开始旧体诗创作。他的幼学不乏旧诗训练，转向"五四"后搁置已久。新文学引领他写出《地之子》《建塔者》这类标榜现实主义人道精神的作品，然而曾几何时，他逐渐理解新文学一样不脱程序化的形式和窠臼，现实主义也每每沾染意识形态色彩，变得毫不现实。生命的困蹇无明让他体会启蒙与革命的局限。眼前无路想回头，台静农有意识的透过古典诗歌另辟蹊径，探寻一个可以疏解郁愤与忧患的管道。

离开晚明，台静农发现了六朝，中国历史上另一个大裂

---

[1] 赵园：《明清之际士大夫研究》，页10—15。

变的时代。他从阮籍、嵇康等人的吟咏中找到共鸣。台静农此时的旧体诗均收入《白沙草》,其中最动人的作品无不和历史感喟有关。以《夜起》为例:

> 大圜如梦自沉沉,冥漠难摧夜起心。
>
> 起向荒原唱山鬼,骤惊一鸟出寒林。[1]

首联呈现一个天地玄黄、凄清有如梦魅的情境。次联写夜不成眠的诗人起身朗读《九歌·山鬼》,仿佛与两千年前《楚辞》的回声相互应和。诗人的悲声划破了夜晚的宁静,寒林中一只孤鸟受了惊扰,突然扑簌飞出。而我们记得阮籍《咏怀诗》里就充满了孤鸟的意象。[2]

或有人认为台静农因此背离了他早期的信念。但我认为旧体诗其实将他从启蒙万能、革命至上的决定论中解放出来,也为《亡明讲史》那样的虚无感提出超越之道。旧体诗引领他进入一个更宽广的记忆闳域中。在那里,朝代更迭、生死由之,见证着千百年来个人和群体的艰难抉择。旧体诗的繁

---

[1] 许礼平编:《台静农诗集》,页11。
[2] 论阮籍诗中鸟的意象的文字所在多有。见如刘慧珠:《阮籍"咏怀诗"的隐喻世界——以"鸟"的意象映射为例》,载《东海中文学报》第16期(2004年7月),页105—142。

复指涉构成一个巨大、多重的时间网络，不仅瓦解了现代时间单线性轨迹，也促使台静农重新思考"讲史"的多重面向。面对古今多少的憧憬和虚惘，他岂能无动于衷？换言之，台静农是以回归传统作为批判、理解现实的方法；他的怀旧姿态与其说是故步自封，不如说是形成了一种处理中国现代性的迂回尝试。

不仅如此，正是写作《亡明讲史》期间，台静农开始寄情书法，竟欲罢不能。他在书法方面的创造力要到定居台湾后才真正迸发，并在晚年达到巅峰。从文学到书法，台静农展现了一种独特的"书写"政治与美学。他早年追索人生表层下的真相，务求呈现文字的"深度"；饶有意味的是，他晚年则寄情笔墨线条，仿佛更专注于文字的"表面"功夫。[1]

值得注意的是，台静农重新开始书艺时，先以王铎（1593—1652）为模范，后转向倪元璐（1593—1644）。王铎风格酣畅奔放，相形之下，倪元璐则字距紧俏，笔锋欹侧凌厉，仿佛急欲脱离常规结构，收笔之际却又峰回路转，仿佛力挽奔放的墨色。倪元璐与王铎同为东林党人。东林党在崇祯时期卷土重来，政治影响力自然有助于倪、王等的书艺地

---

[1] 有关台静农书法与文本、文字与文学之间的辩证关系，请参看拙著《史诗时代的抒情声音》（台北：麦田出版社，2017年），第八章。

位。但两人不同之处在于：明亡王铎降清，倪元璐则在李自成攻陷北京后自缢殉国。

台静农初遇倪元璐书法时，《亡明讲史》完稿不久，倪殉国一事也为小说所描绘。我们不难想象，在满纸昏君乱臣贼子的荒唐行径后，台静农必然对倪元璐的忠烈心有戚戚焉。书法的创造力有很大的层面来自临摹参照，促使书写者进入意图和中介的辩证层次：就是生命与意象、人格与字体相互指涉的呈现。《亡明讲史》对中国文明、政治未来充满犹疑，而倪元璐的书法则确认了忠烈意识的久而弥坚。

在这样的脉络里，我们见证一位"五四"文人兼革命者的自我对话与转折。悲心与愤心，戾气与深情，台静农的后半生不断从书法与写作中尝试折冲之道，死而后已。《亡明讲史》正位于他生命转折点上。这本小说未必是台静农文学创作的最佳表现，但内蕴的张力关乎一个时代知识分子的精神面貌。那是怎样纠结郁闷的征兆？大势既不可为，唯余小说一遣有涯之生。然而即使是游戏文章也只能成为"抽屉里的文学"。

故事新编，亡明"讲史"讲不出改朝换代的宏大叙事，只透露"人生实难,大道多歧"的叹息。[1]的确,抗战流亡只是又一次"丧乱"的开始。几年之后台静农将跨海赴台,而且在一个他未必认同的政权治下,终老于斯。

《亡明讲史》成稿八十年后,我们阅读此书又可能带来什么样的感触?当此之际,台湾小说家骆以军写出《明朝》(2019)——"明朝"既是明日黄花的过去,也是明天以后的未来。拨开华丽的表面文章,一个充满戾气的时代扑面而来。喧嚣与狂躁凌驾一切,虚拟与矫情成为生活常态。

历史不会重来,一切却又似曾相识。亡明作为隐喻,有如奇特的接力暗号。在"从胜利走向胜利"的战鼓声中,在"芒果干"(亡国感,编者注)的胜利大逃亡中,亡明的幽灵何曾远去?历史有如梦魇,我们仍然挣扎着从中醒来。

*

《亡明讲史》终于出版,"中央研究院"文哲所廖肇亨博士功不可没。2004年春天,我在文哲所客座访问,某日在书库遇见肇亨,他告诉我为筹备台静农先生百岁展览,发现

---

[1] 这当然是台静农书法最为脍炙人口的金句。"大道多歧"典出《列子》;"人生实难"典出《左传》。

《亡明讲史》稿本。我有幸先睹为快,深为台先生这本战时小说所震撼,一位学者的隐微心事,尽在其中。当即约定日后此书刊印,必定共襄盛举。

台大中文系柯庆明教授为台静农先生弟子,也是肇亨的老师,多年以来极力推动《亡明讲史》出版。所遗憾者,柯老师未能亲见此书付梓而遽归道山。遥念庆明老师当年闻我从事台静农研究,每次会面必作竟日长谈,倾囊相授之余,并赐赠大批珍贵资料。从台先生到柯老师到肇亨,《亡明讲史》的出版,见证台大中文系三代学者的传承。我虽非中文系出身,也有如身在其中,为之一感动不已。是为记。

附录二

"只有漆黑"——《亡明讲史》及其相关问题

◎廖肇亨、郑雅尹

壹、台静农与《亡明讲史》

台静农（1902—1990），安徽霍邱人，原名传严，后改名静农，字伯简。著名的书法家、小说家、诗人、散文家、学者、教育家。1920年台静农先生最初是以鲁迅弟子、乡土小说家的身份在中国文化界登场。曾任教于辅仁大学、厦门大学、四川女子师范学院，1946年，应魏建功先生邀约渡海来台，任教于台湾大学，1949年担任台湾大学中文系主任，掌系务逾廿年。从台湾大学退休以后，任教于辅仁大学、东吴大学。1990年逝世于台北。教学之余，晚年台静农以书艺名世，一代书道大家声扬四海。

虽然台静农先生在廿世纪三十年代，乡土文学作家声誉卓著，但在台湾，直到1990年前后，台静农早年的小说，如《地之子》《建塔者》重新在台出版，世人对其作为小说家的记忆方才又被唤醒，学者重新解读个中的意涵、特征与技巧。[1]近年以来，学者多方收罗台静农散佚的史料文献，蔚为盛况。[2]《亡明讲史》一书由于从未正式出版，故往往不为人知，罕见征引。[3]但不论从内容或形式来看，对于认识台静农文学写作的特质，《亡明讲史》具有不容忽视的重要性。

《亡明讲史》原件现存台湾大学特藏组。根据相关史料，《亡明讲史》一书大抵1940年已经写就，陈独秀致台静农的书信中说："《晚明讲史》不如改名《明末亡国史》，修改时望极力使成为历史而非小说，盖历史小说如《列国》《三国》，

---

[1] 关于台静农小说创作的研究，可以参阅乐蘅军：《无言的悲情——读〈台静农短篇小说集〉中的悲运故事》，《中外文学》第9卷第2期（1980年7月），页68—97。最新的研究可参考赖柏霖：《台静农先生小说研究》（台北：世新大学中国文学系博士论文，2019年7月，齐益寿先生指导）。

[2] 相关的成果，可以参阅陈子善、秦贤次编：《静农佚文集》（新北：联经，2018年）。

[3] 笔者耳目所及，除笔者两文言及台静农《亡明讲史》，王德威教授论著中亦有介述评析。见廖肇亨：《希望·绝望·虚妄——试论台静农〈亡明讲史〉与郭沫若〈甲申三百年祭〉的人物图像与文化诠释》，《明代研究》第11期（2008年11月），页95—118；《台静农的明清文化史观》，《中国文学研究》第12辑（2008年），页277—293。王德威：《国家不幸书家幸——台静农的书法与文学》，载《现代"抒情传统"四论》（台北：台湾大学出版中心，2011年），页150—201。

虽流传极广，实于历史及小说两无价值也。"[1]陈独秀此信对于历史小说颇致不满，此先姑且不谈。除此之外，尚有两点值得注意：

一、《亡明讲史》一书似乎一度亦曾作《晚明讲史》。考《亡明讲史》之名，目前现存的资料来看，六册稿本封面作《亡明讲史稿》，内文稿纸上作《明亡讲史》。封面有可能是后加，如果不是笔误，《晚明讲史》《亡明讲史》《明末亡国史》的名称或许都曾在作者考虑之列，因此，《亡明讲史》此一书名当是作者细加推敲之后的结果。

二、此书正式出版前几乎是唯一读者的陈独秀，其阅读心得格外值得重视，陈独秀最直接的感觉是此书描写明政权灭亡的过程。"亡国史"之类的著作在帝国主义时期十分流行，如越南民族运动领导者潘佩珠《越南亡国史》一书颇受

---

[1] 陈独秀致台静农先生信函，现藏台湾大学，原件已影印出版。图版见台静农先生遗稿及珍藏书札编辑小组：《台静农先生珍藏书札（一）》（台北："中央研究院"中国文哲研究所筹备处，1996年），页64。释文参考吴铭能：《〈台静农先生珍藏书札（一）〉试读（上）》，《中国文哲研究通讯》第13卷第1期（2003年3月），页159。

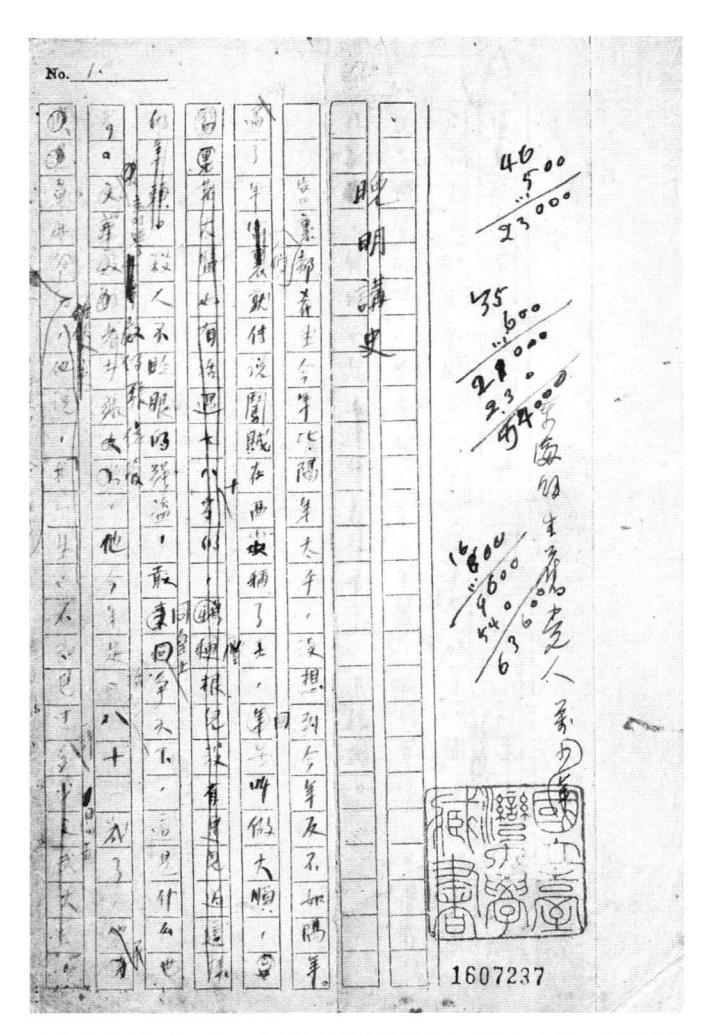

《晚明讲史》第一段:"宫里人们都希望今年比隔年太平,没想到今年反不如隔年。"《亡明讲史稿》"宫里"改作"皇宫里",至《亡明讲史》时,已根据所改誊录。

图片来源:台湾大学图书馆藏。

《亡明讲史稿》总册封面五字，由台静农先生亲题。

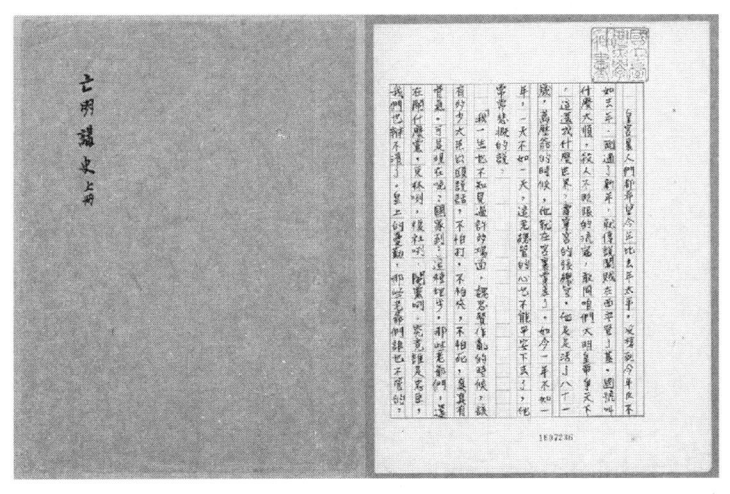

《亡明讲史》眷录字迹最清晰可辨，本书谨以此稿为底本。

上、下两图图片来源：台湾大学图书馆藏。

关注，[1]而《亡明讲史》原成于抗日战争最为艰苦的时期。希望与绝望同为虚幻，更多的心情是无奈。陈独秀对介乎历史与小说两者之间的《亡明讲史》一书评价似乎不高，或许也影响了作者出版的意愿。当然，如此一来，一般读者也就更难以一窥其内心究竟了。

《亡明讲史》一书虽然没有正式出版，但已有正式清誊的稿件，可以说距离正式出版只有一步之遥。在台湾大学图书馆"台静农先生手稿书画展"的展览时列有三种稿件，称为《亡明讲史稿》"初稿"、"定稿"和"他人代抄稿"，本文依据三种书稿首页题名，称《晚明讲史》、《亡明讲史稿》和《亡明讲史》，三种书稿基本相同，但字句偶有出入。兹略说明如下：

---

[1] 潘佩珠（1867—1940），廿世纪初期越南重要的革命人物，早年曾留学日本，因而结识梁启超等人，并受孙中山革命思想启发，在越南进行革命活动，致力于抗法运动。关于《越南亡国史》，为潘佩珠于1905年以汉文为主体写成，内容纪述了越南近代法国统治的种种暴行以及越南爱国志士的抗争运动，以图召唤越南人民的抗法爱国意识，此书由梁启超资助出版，并为之作叙。关于潘佩珠的相关研究可参见罗景文：《忧国之叹与兴国之想：越南近代知识人潘佩珠及其汉文小说研究》（台北：新文丰，2020年）。关于廿世纪初期"亡国史"的编译与写作热潮，参见邹振环：《清末亡国史"编译热"与梁启超的朝鲜亡国史研究》，《韩国研究论丛》第2辑（1996年），页325—355。

(一)《晚明讲史》六页

纵25字，左10行，右10行。本稿字迹潦草，涂抹修改之处几乎无页无之。首页题作"晚明讲史"。但初稿基本残缺不全，字迹不易辨识，只存开头数页，题识"晚明讲史"四字。

(二)《亡明讲史稿》六册

用纵25字，左10行，右10行稿纸誊写，共111页（整理者标示正文103页，未标示1页，别纸7页）。分六册。前十页为"星花社"稿纸，第二、三册为"台湾大学"稿纸，第四、五、六册为"七七稿笺"。但二至六册中，不时杂以"台湾编译馆"或全白便条纸，誊写于其上，以利辨识，此稿可以说是内部情况最为特殊复杂的状态。每册封面题作"明亡讲史"，总册封面有台静农先生亲题"亡明讲史稿"五字。此稿状况特殊，特展时称为"定稿本"，遂袭用至今。但"定稿"与"他人代抄稿"二者仍然小有出入，难以骤谓之"定稿"。题为"亡明讲史稿"。

(三)《亡明讲史》上、下两册

孔雀牌稿纸，纵25字，左12行，右12行。此稿最为清楚可辨，出于一人之手。综观其稿，可以说距正式出版只有一步之遥。本次出版以此稿为底本，参酌《晚明讲史》与

《亡明讲史稿》两者，凡本书未特别注明版本时，即以此稿为准。本书定名"亡明讲史"，亦以是稿为准。

以上名称各异的三种稿本，现皆存于台湾大学图书馆特藏组，原作者为台静农，只是由于誊写抄录者不同，笔迹亦明显不同。三者之间内容偶有出入，但以《亡明讲史》内容最为齐整，辨识度最高，几乎可以说是小说家台静农篇幅最长的作品，对认识台静农及其时代具有重要的意义。

贰、《亡明讲史》的时代背景

《亡明讲史》一书主要以明朝覆灭之际的时空环境为背景，前半写北京，后半写南京。全书情节的发展依序大概可以区分为：一、李自成入关之前，至崇祯帝自缢；二、李自成部众在北京；三、吴三桂引清军入关，将李自成部众逐出北京，以九王爷进入北京城作结；四、弘光帝在南京即位，朝政不纲，史可法出镇扬州；五、南方将领内部矛盾，扬州城破，史可法殉国；六、南京降清，以豫王之宴为全书总结等部分。

明末清初是中国历史上重要的转折期，时人每以"天崩地解"视之。所谓"天崩地解"，其实就是价值观的重组、翻转，且除了政治以外，遍及经济、宗教、学术思想、文学艺术等不同领域。《亡明讲史》一书写就于抗日战争之际，具有相当程度的现实指涉殆无疑义,全书情节侧重描写天崩地解之际救亡图存的徒劳无功,且聚焦在人事的纷争与庸劣。

《亡明讲史》全书结构十分匀整,几近于前后对比。前半主要场景在北京,登场的人物群主要是两次投降的士大夫,且其原本几乎垄断政治经济的一切特权,吴三桂是作者花费较多笔墨描写的武将,从结构上来说,扮演着"过门"的功能;后半主要场景在南京,武人之间的纠葛是主要的内容,领导阶层则唯以排挤忠良、权力斗争为务。从小说上来看,文官爱钱,武将怕死(特别是掌握实际军权的赵之龙),集体人格的堕落或许是知识阶层通用的时代表征。无力回天的史可法像是一个不断向下的主旋律中一曲突兀振拔的高亢乐段,可以说是全书唯一的悲剧英雄。

《亡明讲史》一书中对秉国政者的节操气骨多所嘲讽,显而易见,作者将明朝国运的衰颓联系到当时士人集体人格心态的堕落,然而除了人的因素外,明清鼎革也某种程度反映出当时特殊的时空环境。同时,作者主观意见不可免地带入其中,例如武将能诗一事。

在《亡明讲史》一书中,"诗人"往往带有负面评价,特别是提到武将刘泽清,作者嘲讽其作诗一事。不过晚明以来,文人谈兵,武将作诗蔚然成风,文武之间的畛域有更频繁的交流与互动。戚继光、俞大猷皆属能诗武将，而洪承畴、袁崇焕则属文人从军，刘泽清不过沾其余风，实非特例。[1]一如文武之间界限的模糊，所谓流寇或者官军，彼此之间也没有泾渭分明的差别。明代兵制本来以卫所为主，万历以后，田赋、兵役等种种制度皆遭受严重破坏，流离失所的民众往往只能栖身于各类部队当中，时而归顺政府，时而反叛，不确定的状态反而成为一种常态。[2]《亡明讲史》叙事只到南京投降，但南京投降之后，对抗清军的部队主要是过去的流寇，反而成为南明朝廷抗清的主力部队，高杰生前所率的部众即属此类。

---

[1] 其他如萧如熏、万表、陈第等武将，都是当时武将当中能诗论学的代表人物。详见廖肇亨：《诗法即其兵法：明代中后期武将诗学义蕴探诠》，《明代研究》第16期（2011年6月），页29—56。

[2] 明初以户籍区分军、民，卫所军户于平时采取屯田制，但随着杂役内容之增加，逃兵状况愈趋严重。自万历年间实施一条鞭法以后，卫军余丁只须缴纳徭银，逐渐丧失其军事功能。见于志嘉：《卫所、军户与军役：以明清江西地区为中心的研究》（北京：北京大学出版社，2010年），页194—195。关于社会经济方面的分析，详见高寿仙：《明代北京社会经济史研究》（北京：人民出版社，2015年），页274—295。田培栋：《明清时代陕西社会经济史》（北京：首都师范大学出版社，2000年），页78—83。日野康一郎：《北京の流入民と万歴後期の政局》，载奥崎裕司主编：《明代中国の歴史的位相：山根幸夫教授追悼記念論叢》（东京：汲古书院，2007年），上卷，页167—187。南方的状况请参考范金民：《明清江南重赋问题述论》，载《赋税甲天下：明清江南社会经济探析》（北京：生活·读书·新知三联书店，2013年），页23—55。

《亡明讲史》全书以明思宗崇祯帝向大臣筹饷未果作为开篇，作者或许是在强调大臣的悭吝与贪财，不过这段描写正好说明了明代后期以来值得注意的财政现象：一、朝廷财政的窘迫；二、金融流通不畅，财富集中于少数权贵之手。万历以来，明朝政府长年用兵，尤其是万历二十年前后讨伐丰臣秀吉出兵朝鲜一事，[1]牵动日后东亚诸国的政局，当然也严重拖累朝廷的财政。[2]为了因应日渐窘迫的财政，政府组织进行各种调适方案，但却没有良好的配合方案，以致大幅助长朝廷的反对势力，后果十分严重，实乃始料所未及。[3]至于财富集中现象，廿世纪以来的经济史家对此已有清楚的认识。[4]当时全世界的白银大量流入中国市场，另一方面，海洋贸易多半以走私贸易的方式进行，国家无法积极有效管理

---

[1]除"援朝之役"外，万历二十年至二十八年之间，明朝接连应付宁夏回族与播州（今贵州）宣慰使杨应龙发动的叛乱，有"宁夏之役"与"播州之役"，万历三大征不仅动员全国兵力，亦耗竭全国财政。
[2]日野康一郎:《北京の流入民と万歴后期の政局》，页169。
[3]岸本美绪:《中国における暴力と秩序——前近代の视点から》，载《地域社会论再考》（东京：研文出版，2012年），页141。
[4]最新的研究请参考岸本美绪:《银の大流通と国家统合》，载岸本美绪主编:《1571年：银の大流通と国家统合》（东京：山川出版社，2019年），页2—24。

海洋贸易的税收，[1]中国本身的金融流通渠道十分有限，且缺乏合理管理的制度，致使财富集中于少数权贵之手，由于朝廷财政无法有效合理的分配，国家政局紊乱也与国家财政重新分配有关。[2]

也因此，明清政权交替与个人道德人格境界的堕落固然不无干系，不过从现代的观点来看，整个大时代的背景与制度的不完善可能才是明代政权覆灭更为根本的原因。对于晚明清初整个时代的认识，从清末开始，就以各种不同的形式参与知识阶层的话语形塑过程。捡取或遗忘，多少都可以看

---

[1] 嘉靖时的"倭寇"大多数不是日本人，东南沿海的居民往往参与其中，同时进行商业与盗夺等行为。走私贸易的成因，除政府税赋太重、走私日本利益丰厚，因天灾导致的缺米问题与饥荒问题，是沿海地区的士绅、民众，不顾禁令从海路"盗载米谷"的重要原因。参考林仁川：《明末清初私人海上贸易》（上海：华东师范大学出版社，1987年），页40—50、80—82。范金民：《贩番贩到死方休——明代后期（1567—1644年）的通番案》，《东吴历史学报》（2008年2月），页75—112。林丽月：《晚明福建的食米不足问题》，载《奢俭・本末・出处——明清社会的秩序心态》（台北：新文丰，2014年10月），页135—136。当时日本国内亦面对相同问题，详见松浦章：《16世纪中叶から17世纪初头の东アジア海域の海上贸易と海商・海贼》，载越村勋主编：《16・17世纪海商・海贼：アドリア海のウスコクと东シナの倭寇》（东京：彩流社，2016年），页71—94。

[2] 参考岸本美绪：《明清交替と江南社会：17世纪中国の秩序问题》（东京：东京大学出版会，1999年），页45—46。岩井茂树：《中国近世财政史の研究》（京都：京都大学学术出版会，2004年），页370。

见刻意营构的痕迹。《亡明讲史》毕竟还是一部文学作品，可以视作廿世纪前期知识社群当中相当具有普遍性的历史观点，带有强烈的现实指涉，也有它自身的时节因缘。这是在阅读《亡明讲史》一书时应该特别注意的。

叁、《亡明讲史》及其引用文献

就性质来说，《亡明讲史》一书属于历史小说殆无疑义，但小说虚构的成分不多，从众多史料中稽考、编辑、改写的基础之上，作者再适时加入部分属于作者个人的议论或判断，可以说是《亡明讲史》一书最为明显的叙事结构与方式。既然名之曰"讲史"，作者或许相当程度自觉扮演类似话本说书人的角色，而且基本上对原始史料文献十分尊重。

台静农的书法冠绝一时，初学王铎，后学倪元璐，曾经对明末清初下过深切功夫原在意料之中。对晚明清初史料熟悉的读者，对《亡明讲史》一书当中的若干情节或有似曾相识之感。《亡明讲史》一书引用的史料至少包括《明季稗史初编》之《续幸存录》《江南闻见录》《青燐屑》《吴耿尚孔四王合传》；《明季稗史续编》之《明季遗闻》《明季实录》，以及

《明季北略》《明季南略》《小腆纪传》等诸多文献。[1]

从各种引证的例子来看,《亡明讲史》一书援引资料源出多方,或不当一视同仁。面对诸多史料,因应不同段落与情节的需要,《亡明讲史》对于原始史料的处理方式约有以下数端:

一、引录原文,不加改易。《亡明讲史》约有28则独立引文,有24则誊录原收录于《明季北略》、《明季南略》或《南明野史》的各种原始史料文献,其中如崇祯《罪己诏》、史可法《请恢复疏》等名篇,不畏文长大幅引录,后者更达一千两百余字,是全书最长的独立引文。在此须说明的是:本书校对台静农先生引文,除使用当时常见的刻本,亦参考民初之后重见天日的藏本。如《明季南略》有清刻本与藏抄本二种系统,前者为删节本,后者为足本,今通行之中华书局点校本以后者为底本。据台静农引史可法《疏》作"清"国而

---

[1] 台静农先生《谈"倭寇底直系子孙"》《士大夫好为人奴》《记钱牧斋遗事》《读〈日知录校记〉》等论文引用过的南明史料及参考书尚有《罪惟录》、《江南见闻录》、《东皋杂钞》与《晚明史籍考》等。见陈子善、秦贤次编:《静农佚文集》,页84、93—94、242—243、252—254。

非"虏"字可知，[1]他征引自清刻本系统。由于《明季南略》此则文字稍有出入，本书仅此处校对出注列清刻本，并附上中华本位置，其余出注列中华本。

二、引录原文，略加改易。台静农先生在抄录一段史料之后，常会化用相关史事，使叙事更为紧密。如闯军攻破北京的告示云："仰尔明朝文武百官，俱于次旦入朝，先具角色手本，青衣小帽，额贴顺字，前来报名，我大顺皇帝应格外加恩，俾尔等王国顺臣，得沐再生之德！"[2]"青衣小帽"前面一段为《明季北略》原文，后面一段及小说之后的叙述，则化用方拱乾事。顾炎武《明季实录》云："少詹兼侍读方拱乾坦庵，桐城人。为贼所执，以美婢四人赂贼将罗姓者，得免夹。青衣小帽，额贴黄纸顺字求荐。"[3]"额贴顺字"之后的情节，改写自南明史料对失节明臣的种种记录。

---

[1]〔清〕计六奇：《明季南略》（新北：文海出版社，1968年，《明清史料汇编四集》影印清刻本），卷7，页22下—25上；计六奇著，任道斌、魏得良点校：《明季南略》（北京：中华书局，1984年12月），卷2，页110—111。
[2] 参阅本书页36。计六奇著，魏得良、任道斌点校：《明季北略》，卷20，页457。
[3]〔清〕顾炎武：《明季实录》（南京：凤凰出版社，2011年，《亭林先生遗书汇辑》第1册影印光绪上海扫叶山房本），"刑辱诸臣考"条，页50上。

三、改动原文,加以裁断。关于"崇祯太子"一案,台静农先生取《明季遗闻》云:"东宫之来,吴三桂实有符验,史可法明知之而不敢言,此岂大臣之道。满朝诸臣,但知逢君,不惜大体。"[1]"此岂大臣之道"以下来自《南明野史》《明季南略》等书。计六奇《明季南略》详述太子案历程,指出《明季遗闻》与其他诸书大异,强调《遗闻》非信史。[2]台先生所见南明史料当中,惟《遗闻》判定为假太子,但他取信《遗闻》所述,偏向认定为假太子。

四、在原文的基础上改写。如吴三桂降清的历程,台先生主要参考《明季北略》、《吴三桂请兵始末》和《吴耿尚孔四王合传》,但吴三桂与唐通之间的对话,应为台先生添加之小说色彩。

传统史书作者在叙事告一段落时,往往以"太史公""异史氏"之类的身份介入其中,发表议论,这是一种带有主观色彩的全知观点。《亡明讲史》一书在叙事或引证史料后往往接上此等议论。例如在援引完史可法上弘光皇帝书之后,作

---

[1]〔清〕邹漪:《明季遗闻》(北京:北京图书馆出版社,2005年,《明清史料丛书八种》影印《明季稗史续编》本),页30下。〔清〕南沙三余氏:《南明野史》(新北:文海出版社,1968年,《明清史料汇编五集》第2册),卷上,页39上。

[2]计六奇著,魏得良、任道斌点校:《明季南略》,卷3,页177。

者说道：

> 这样的痛切陈词，有什么用？宏光皇帝不过令人批下"朕知道了"而已。后人都说可法这篇文章和诸葛亮的《出师表》一样的好，是的，他还想学诸葛亮呢。[1]

文中的"他"，乃指史可法。整体来说，作者在《亡明讲史》一书中加入个人议论的成分有渐增的趋势，全书整体笔调渐次从感伤亡国的悲凉逐渐强化成针对昏庸的激愤，后半引用文献的次数也明显增多，亦不难思过半矣。小说作者借着援引文献的机会登场，顺势带入小说家个人的历史判断。例如弘光时曾经喧腾一时的崇祯太子，作者在引述左良玉、黄得功的疏文后说道：

> 要不是马阮当朝，绝不会引起这样的（掀）〔轩〕然大波。本来是□单纯的案子，但是大家都集矢在马阮的身上，真是弄得哭笑不成。这与其说是皇太子的真假问题，不如说是一场政治的斗争。[2]

"崇祯太子"一案在弘光朝引起轩然大波，史家于此说法

---

[1] 参阅本书页86。
[2] 参阅本书页129。

不一，[1]作者于此似乎倾向于冒伪一方，更似乎也没有十足的把握。但作者立刻将崇祯太子案定位成导致弘光土崩瓦解的政治斗争，一方面表示史家个人的历史见解，另一方面，类似说书人的感慨叹息也清晰可闻。

不过，《亡明讲史》毕竟不是史料档案，没有必要"忠于原著"。众所周知，"明季野史，不下千家"，各种史料瑕瑜互见，彼此记事矛盾冲突之处更是俯拾即是。史料只是这部小说一部分的素材。从小说创作的角度看，似乎更应该追问：作者运用史料的技巧是否成熟？在本部作品中，史料有否充分发挥小说艺术的作用？从作者对史料的取舍剪裁，能否看出作者的创作意图与精神图像？

---

[1] 关于"崇祯太子"的真伪问题，清初史家说法不一，陆圻《纤言》断言南都太子为真，钱澄之《南渡三疑案》、张廷玉《明史》、查继佐《罪惟录》等认为太子为伪。而当代史家对太子真伪问题亦未成定论，如钱海岳抱持着存疑的态度，孟森、顾诚则认定其为假，史家对南都太子案的看法可见钱海岳：《南明史》（北京：中华书局，2006年），第5册，卷26，页1424。顾诚：《南明史》（北京：中国青年出版社，1997年），页156，160—161。孟森：《明烈皇殉国后记》，《明清史论著集刊》（北京：中华书局，1959年），页29—43。关于崇祯太子案的研究，可参何龄修：《太子慈烺和北南两太子案——纪念孟森先生诞生140周年、逝世70周年》，《中国史研究》2008年1期，页121—138。

肆、《亡明讲史》的文学世界

《亡明讲史》一书基本上描绘的是一个因为人谋不臧导致灭亡的世界,希望的光芒逐渐消歇黯淡。综观《亡明讲史》一书,作为正面价值典范的史可法如同划过暗夜长空的流星,带有强烈的悲剧英雄性格。参赞南京军务的史可法可以说是晚明以来文人论兵风尚的一员。[1] 从北京到南京,史可法几乎是大厦崩塌之际唯一支撑的巨柱,关于史可法不屈就义一事,作者如是写道:

> 及清军围了扬州,豫王仍希望他能投降过来,又给他一书,这时连看也不看,投到火中烧了,并且毅然说道:"天朝没有投降的宰相,只有与〔城〕俱止了。"

> 现在史可法虽然没有投降过来,却被生擒了来,豫王自然不愿就杀了他,总希望他能够□洪承畴,费尽心机,百般劝诱,那堂堂铁□的史可法如何能屈?终于把他杀了!我们看史可法的生平,真个同诸〔葛〕侯一样,"鞠躬尽瘁,死而后已"。[2]

---

[1] 赵园:《谈兵》,《制度·言论·心态——〈明清之际士大夫研究〉续编》(北京:北京大学出版社,2006年),页79—161。
[2] 参阅本书页142。

史可法在书中的形象巨大崇高无与伦比，高杰等人莫不是受了史可法的人格感召，可惜弘光朝政被马士英、阮大铖所把持，兼之以私心自用，国政一蹶不振。以史可法为中心，不难看出从崇祯到弘光的明朝政府是个不停堕落的过程。崇祯帝虽为亡国之君，但仍颇有治国之心，然心有余而力不足，最后只能殉国以终；弘光帝则昏愚顽劣，内心全无国家社稷，最后竟然乞求苟且偷生。吴三桂领清军入关，闯部尚且奋勇抵抗。但南京陷落时，主帅赵之龙竟主动献城：

> 南京城的百姓，已经知道忻城伯赵之龙马上要将城献给清军，大家更加不安起来，有如天塌了似的。大家不约而同的都走到忻城伯府打听消息，千千万万的百姓全拥挤在忻王府前，忽然人群中有一人高声叫道：
>
> "我们跪下求求赵爷罢，莫要让鞑子兵进城！"
>
> 这人话一落音，大家都跪下来了。赵之龙在府中先是见百姓来得太多，怕激成民变，不敢出头。以后听说百姓都跪下了，想他们不敢有什么举动的，才走出大门口对百姓们说：
>
> "大清兵早已到了城外，我们既然没有力量守，只有迎接他进来。不然，还不是你们百姓遭殃，我们做官的

怕什么,正是为著你们呀!扬州城破的情形,你们该知道罢,大清兵的奸杀焚掠该多惨呀!所以我替你们著想,只有竖了降旗,才能得到保全的!"

百姓听了赵之龙提起扬州的事,个个打著寒战,谁也不敢再说求求他不要让鞑子兵进城了。

赵之龙见百姓们垂头丧气的散了,知道他们闹不出事来,胆子更壮了。于是他约了礼部尚书钱谦益、总宪李乔,以及保国公朱国弼、镇远侯顾鸣郊、驸马齐赞元等,出城恭迎,清帅豫王带领大兵前进时,他们远远的跪在道旁,适逢大雨淋漓,道路泥泞不堪,因为这五月正是江南梅雨季。渐渐豫王前卫走到这几位大僚跟前,命人将他们喝起,他们遂匍匐上去,恭恭敬敬的行了四拜礼。当天豫王大营即驻天坛,并未进城。[1]

史可法固守扬州,致使清军蒙受重大损失,扬州城破后,清军十日屠城,已有专书言及此事之惨状。[2]本文中描写大臣跪列的泥泞路途隐喻国运艰难。南京的投降,并非战事的终点,反而开启了南明长期抗争的序幕。《亡明讲史》的作者

---

[1]参阅本书页156—157。
[2]〔明〕王秀楚:《扬州十日记》(北京:北京出版社,2000年,《四库禁毁书丛刊》史部第72册,影印北京大学图书馆藏清钞本)。

对于弘光朝的评价是:"请看单凭史可法一人的力量,不也挽救了许多么?高杰之死,为了防河,后来黄得功之死,为了宏光皇帝,朝廷果真锐意中兴,能够运用他们,作者想,这两位老粗尚不失为关云长、张翼德一流人物。"[1]"那'相公只受钱,皇帝但吃酒'的朝廷,仅知偏安一时,如何说得上远略。后来有人太息的说道:'自宏光初立,史督辅请分南四镇,遂无一人计收山东者。使乘清兵未下之日,一旅北去,与公犄角,上扼沧德,下蔽徐衮,天下事未可知也。'"[2]

天下局势本来未必尽不可为,但在上主其事者昏庸颟顸、第一线将士又党同伐异,离心离德,早已注定失败的命运。只是在历史的洪流之下,方能彰显个人风骨气节,正所谓"疾风知劲草,板荡见忠贞"。

作为杰出的乡土小说家,台静农对于小人物往往十分悲悯,除了本书中面目模糊的"百姓"之外,在《亡明讲史》一书中,武人的直勇令人印象深刻,尤其是后半的高杰与黄得功。作者对高杰的评价甚高,特别是他投入史可法的门下。作者如是形容高杰:

---

[1] 参阅本书页108。
[2] 参阅本书页114。

高杰自从这么以来,他倒认识了可法,他认为可法和马士英不同,马士英处处为了自己,这史老先生却处处为着国家,遂死心(踏)〔塌〕地的投在可法的门下了。这在可法呢,却等于用了一次苦肉计,因为他早想倚仗高杰恢复中原,为了这位老粗桀(傲)〔骜〕不群,难使归顺,常常虑在心头。忽见高杰倾心悔过,自然异常重视。高杰见可法宽宏大量,愈加亲密起来。[1]

史可法与高杰成为命运共同体,与其说高杰效忠弘光朝,不如说是为史可法崇高的人格所感动。高杰后误中陷阱,为许定国所杀,情节看似荒谬,也隐托了弘光朝廷的命运。相形之下,黄得功的结局带有更多悲壮的凄凉。其云:

说罢,急令开船回营,忽然清军在岸上喊声大作,箭如雨下,得功喉上中了一箭。偏将等将他救回大营,他叹道:

"我是完了!"

竟拔剑自刎而死。黄夫人得报,也自缢而死。

黄军部下见主将已死,惶急无所适从,而清军又蜂

---

[1] 参阅本书页91。

拥前来，杀声遍地，不战而溃。[1]

当时弘光帝在黄得功阵中，黄得功殉国之由亦为其职责所在，弘光帝虽然无道，但黄得功仍然愿意牺牲生命，在所不惜，最艰难的时刻，他们的坚持成就节义风骨。台静农对此论道：

> 正因为这两位老粗，简单，感情用事，心眼不多，才能为国家拼命。如其他两镇东平伯刘泽清、广昌伯刘良佐都是读过书的，最后却投了清朝，作了汉奸，更非高杰、黄得功可比了。[2]

高杰、黄得功，都是出身草莽的武人，虽然也有不光彩的过去，但也能为国家拼命，在天崩地解的时代变局中奏出一页动人的挽歌。相形之下，投降异族的将领往往都是"读过书的"——书生误国隐隐然似乎是作者心中难以言说的痛。

作为当时知名的将领，刘泽清刻薄寡恩、首鼠两端的性格，《亡明讲史》一书作者对其持论严格，其人在书中俨然是高杰、黄得功的反衬。作者如是说道：

---

[1] 参阅本书页169。
[2] 参阅本书页108。

宏光皇帝问史可法明知这是死无对证的事，但他拥有几万人马，怕他一旦真投降了北朝，所以才封他为东平伯。从此他便气骄意淫，在他驻节的时方，建筑了一座皇宫式的伯爵府，这府里有四时的房子，各房里住着美人，仿佛皇帝的三宫六苑，收罗了各地宝物，陈列其中，俨然是天家富贵。因为他学作过八股，他好风雅，喜欢作诗；又因为他好风雅，幕府中养了许多帮闲的文士，这一群吃歌功颂德饭的，把他捧得高高的，他自己也忘其所以了。他说：

"我二十岁投笔从戎，三十一岁登坛拜将，四十一岁裂土封侯，这二十年中我自己也不知干些什么事呀！"[1]

晚明以来，武将能诗蔚成风尚，戚继光、俞大猷莫不如是，刘泽清不过是其中一端，并非特例。不过作者此处描述的"好风雅，喜欢作诗"却带有一种嘲讽之意，作者谓刘泽清"然而说起打仗来，却同高杰、黄得功相反，或者因为他是诗人，心思多，转变快，不大愿意傻子一样的拼命。所以遇闯贼而溃逃，值清军则出卖。"[2] "诗人"一词成为言行不

---

[1] 参阅本书页109。
[2] 参阅本书页111。

一、见利忘义的代名词。在刘泽清之外,另一名《亡明讲史》极力刻画的"诗人"当属钱谦益。

钱谦益在《亡明讲史》一书的形象亦属不堪。降清的钱谦益在晚清民初的知识社群形象猥琐,一直到陈寅恪《柳如是别传》一书出版之后,钱谦益的地位与形象方有决定性的翻转。[1]《亡明讲史》的作者所看到的钱谦益是:

> 钱谦益呢,老谋深算,早经安排。他有一门客,姓周名筌,口齿伶俐,狡猾有机智,谦益便派他密见豫王,私通消息说:"吴下民风柔软,飞檄可定,无烦用兵。"豫王听了大为欢喜。心下觉得这钱谦益,识时务,心机灵活,不是死读书人,难怪他会作诗,高人一等。既然早通了款曲,谦益在豫王心中也就非同小可了。[2]

"诗人"的才具往往与义士的风骨相冲突,台静农描写钱

---

[1] 在陈寅恪《柳如是别传》出版以前,晚清民初知识分子与文化界对钱谦益的印象,大抵有"明清之际诗文大家"、"晚明时累受政治打击"与"降清而为贰臣"等三种形象,在"爱其才"、"哀其遇"与"鄙其行"之情感元素当中,《亡明讲史》凸显"鄙其行"的意义。参考严志雄:《〈申报〉中的钱谦益》,林宗正、张伯伟主编:《从传统到现代的中国诗学》(上海:上海古籍出版社,2017年),页302—330。

[2] 参阅本书页160。

谦益在弘光朝廷成立初期，与阮大铖一干人群居不善，不待入清，"诗人"钱谦益名节已然亏仄。

>阮大铖从此专门同士英倾轧朝廷一般正臣，钱谦益自然十分感激大铖。一天带了他宠爱的夫人柳如是拜谢大铖，大铖设宴款待，如是本系秦淮河的伎女出身，大铖也是风流人物，席上笙歌弹唱，宾主都是忘情的欢笑。谦益见阮老师高兴异常，如是也毫无忌惮的唱著笑著。而自己呢，已是六十老翁，脸色焦黑，白发龙钟，不能弹，也不能唱，光会作诗，这时又用不著，心里痒痒的，却拿不出什么花样来，虽然心里总是高兴的，难得阮老师喜欢，将来还要求阮老师进荐入阁做宰相呢。[1]

在其他的数据中，台静农曾经以钱谦益比拟周作人，[2]在抗日战争期间，与日本政府合作的文坛才子亦不在少数，特别是在汪精卫麾下。《亡明讲史》带有现实指涉本来在意料之中。台静农对于时局的悲观主要还是来自见证到知识阶层风骨节操的荡然无存。诗人之外，"书生"的表现也不免令人摇头。例如闯王入京时，自称书生的魏藻德也令人印象深刻：

---

[1] 参阅本书页75。
[2] 参阅廖肇亨：《希望·绝望·虚妄——试论台静农〈亡明讲史〉与郭沫若〈甲申三百年祭〉的人物图像与文化诠释》一文。

其中有一位魏藻德,他是崇祯十三年的状元,现时位居宰相。在皇极殿点名的时候,他以为身是百官领袖,首先出来叩头,要求闯王录用,闯王见他相貌猥鄙,生就一双贼眼猴腮,有点不快,并未理会,所以也混在这一群了,刘宗敏知他是状元宰相,特地问道:

"你身为宰相,不应扰乱人民,以致断了崇祯的天下,真是奸臣。"

魏藻德辩道:

"罪臣本是书生,不谙政事,又兼先帝无道,所以亡了天下。"

刘宗敏勃然怒道:

"你以书生点了状元,不等三年做到宰相,崇祯那一点亏你,你骂他无道,给我打这没良心的嘴巴!"

左右举手就打,霎时间打得两颊红肿,齿落血流,随着上了夹棍,大呼大叫,有如杀猪一般。又命将这位宰相的夫人及少爷带来,各人也夹了两夹,可是只愿交出一万七千两银子,刘宗敏那里肯依,连三受了五天刑,终于脑浆裂出而死。[1]

　　一方面无耻求官，国家多事之秋，又以"不谙政事"卸责，小说中，北京所以陷落，主因在于统治阶层的贪腐、无能，在《亡明讲史》一书之中，崇祯帝尚不失为仁厚君主，然而识人不明之责恐难豁免。此事先且不谈，《亡明讲史》一书当中出现次数最频繁的，不是忠臣烈士，反而是诗人书生（包括弘光朝的阮大铖）种种无耻无德的堕落行径。小说在甲申城破之际，作者以全知观点描述投降闯王诸人的心态曰：

　　　　也有人静静的幻想著：我们做官的不能没有官做；做皇帝的自然也少不了臣子，新皇帝是马上得天下，他左右那里有现成的文武百官？五府六部，事情多得很，少不了我们的。从昨天早晨到今天早晨，虽然凄惶，而且受了许多欺侮，但是大丈夫要能屈能伸呀。听人说大学士范景文投井了，户部尚书倪元璐上吊了，真不值得，太傻了！孔夫子在春秋时候，一车两马，跑来跪去，为的还不是做官吗？后来叔孙通背了秦始皇，带了学生们穿了短小袄随着汉高祖，才是儒者的精神呀！什么叫做"圣之时"，就是认清时会，不要太迂执了！眼看天下一

---

[1] 参阅本书页52—53。

统,从龙从虎,不是我们以官为业的,还有谁?像大顺皇帝的牛丞相,他就是天启七年的举人,宋吏部大臣不特是崇祯元年的进士,还是吏部郎呢!眼前我们就要跻在勋臣之列,真是千载难逢的机会![1]

这段内心的独白正是小说家创作的意旨所在,作者明显嘲讽列身庙堂衮衮诸公,类似的声音尚有豫王攻下南京时,百官的心声也有异曲同工之妙,当南京陷落之时"百官听了豫王在大营受贺的消息,无不色飞眉舞,以为大清统一了中国,是千载难遇的风云际会,较之以前屈居小朝廷下,地少官多,油水有限,真有天上地下之别。所以从十六日受贺起,才到第二天,文武百官的职名红帖,在大营报名处,五尺高一堆的,竟堆至十几堆之多,可见当时南京吃老爷饭的,也许比百姓还多罢"[2]。从北京到南京,士人心态不但没有改变,甚且连一年之前的挣扎矛盾竟都已消失殆尽。朝廷的人心灭坏才是战场失利所致之由,或者说:再好再优秀的军队,面对腐朽败坏的人心,恐怕也会毫无用武之地吧。

---

[1] 参阅本书页46。

[2] 参阅本书页159。

伍、结语

从清朝建立开始,"明末清初"就不断在知识社群记忆中重述、改写、翻修,不但是史家恒久的关心所在,同样也提供了众多文学艺术创作的源泉,更是各方政治势力主张交锋动员的话语系统,从民族革命、阶级革命、乃至于帝国主义战争,不论是文化、宗教、性别种种场域,不论是对外或对内。"明末清初"此一时代话语仍然保持鲜活的能量,台静农《亡明讲史》一书可以说是他对此一时代图像的具象化,本书透露出略嫌哀伤无奈的情调,从某个角度来看,也不妨说是一部乱世忧患之书。除了史可法、凌駉等极少数刚毅节烈之士外,大多数都是贪财好色、怯懦无能之辈。然而武人中尚有高杰、黄得功一类人物,"诗人""书生"的风骨全无足观,天崩地解,尽出乎此辈之手。更重要的是:这是台静农先生的小说作品中篇幅最长、人物最多的一部,对认识台静农及那个时代中具有良心的知识分子精神心态,重要性不言而喻,其丰富的意涵尚有待各方持续不断的深入探索。

后记

写在出版之前

◎廖肇亨

记忆中，私人拜谒台先生只有那么一次。那些年，学界耆宿纷纷被迫迁出他们惯住的居所。台先生如是、钱宾四先生如是，也可以算是时代变迁的标志。作为中文系的男生，受到召唤，协助师长搬家是天经地义的事，当时倡议者好像是昌明学长，时日湮远，记忆已然模糊。

做了什么事其实也不记得，最后才看到台先生，台先生很亲切，不断感谢我们。中午他请我们吃饭，在新生南路与信义路交口的地下室便餐。说实话，其实那时候是我人生最彷徨的时刻。台湾、台大、中文系、学术研究之为物云云，仿佛是没有尽头的隧道，光折射之后便消失，并没有发挥什么引导作用。

说来惭愧，在大学读书的时候，虽然台先生之名不断回荡在耳际，我对台先生的理解却十分有限。小说家、书法家、学者、太老师云云当然是知道的，但是就像是呼吸空气一样自然，没有什么特别感受。真正让我强烈感受到台先生独特魅力的契机，却是在台先生过世之际，报章杂志的各种怀念文字，师长们的追思之情固不待言，后来我看到台先生大陆友人，特别是启功先生的文字，我才知道：关于台先生，其实我什么都不知道。于是有一阵子，我便刻意搜罗台先生的各种相关资料，特别是留在彼岸的友人们，例如魏建功、启功、李霁野等先生们的各种资料。我在东京大学留学时，安平秋先生有次跟我提到魏建功先生，他很讶异我竟然对魏建功的事迹也十分熟悉，其实主要还是当时我对台先生的生平十分着迷所致。

作为台先生的再传弟子，其实未必有机会近身接触，只能透过文字文物，重接心光。台先生的诗才书艺冠绝当世，名公巨卿亦多有题咏，也不需我来饶舌。其实我更佩服台先生的是他的识见，例如讲佛教与小说故实、讲五代杨凝之、晚明倪元璐书法。不循流俗自是台先生刚硬精神的展现。我一直觉得，在台湾当时的时空环境下，台先生虽然看似沉默，但其实是一种意义丰饶的姿态，正所谓"大音希声"。

就像《亡明讲史》一书，虽然已经近乎写好写满，却始终没有正式出版。此书成于1940年左右，显然在台时期，一直伴随着台先生，从这个角度看：此书应该也是台先生一度内心回荡的声音。

最初发现《亡明讲史》的手稿，其实是在柯老师筹办的台先生百年诞辰的展览，我虽然知道台先生是个小说家，也知道他学倪元璐，但从来不知道他对明末清初功夫深密如此。遍询诸师友，无人知道此一手稿从何而来。后来我花了一些时间，写了一些文章，最早公开报告此一手稿的存在，是在东京大学藤井老师主办的会议上，连当时展览的筹划人柯庆明老师也不记得此一手稿。接着我应《故宫文物月刊》主编之邀，写了一篇分析台先生与晚明文化的小文，或许是因为《故宫文物月刊》读者层广布八方，小文一出，竟然回响不断，郑清茂老师、张亨老师、林文月老师、罗联添老师、齐益寿老师、柯庆明老师都曾经跟我表示：他们从来不知道台先生的这个面向。

了解台静农,《亡明讲史》具有不能忽略的重要性。本来十年前，我就要整理此书出版，当时已到最后阶段，柯老师也曾提议在台大出版此书，但我个人兴趣太广、杂务太多，此事不得已搁置一旁，转眼又已十年过去，惊心不已。几年前我开始回到母校兼课，有一次我遇到乐蘅军老师，老师竟然还记得我这个不成材的学生，说早就应该回来了，当时泪水几乎要夺眶而出。心上当下就浮现《亡明讲史》一书的身影。

《亡明讲史》一书是台先生寄托遥远的一部历史小说，在各种南明史料的基础上重新梳理整合。虽然小说原初的基因本来就带有历史的性质，但是《亡明讲史》仍然是部小说，而非历史。台先生当初顾虑出版的种种因素，皆已不复存在。《亡明讲史》一书是台先生最后一部小说作品，分量亦不容小觑。现在整理出来供一般读者阅读以及学界研究参考。

在尽量维持原书样貌的前提之下，我们为此书人名加注，以便初学。参与的人员包括雅尹、圣堡、欲容、琬婷、胡顾、胜辉。其中雅尹与圣堡终始董理其事，格外辛劳。台大出版中心王泰升主任，广西师大出版社汤总编辑，千缕亦多所关心。柯庆明老师一直关心，居中联系此事，2019年3月柯老师还跟我说要努力把此书做出来，不意4月竟然就邃归道山。感谢王德威老师百忙之中为此书另作一篇文章。对我来说，也好像是完成了各位老师交代的功课。

人名索引

二画

九王爷（多尔衮） 63–65, 69n14, 70–71

三画

马士奇（马世奇） 18, 21n2
马士英 73–77, 79, 80n4, 83, 89, 91, 104–106, 116–119, 121–122, 127–130, 134–137, 139, 146, 149–150, 152, 172, 174–175
马元利 123, 132n13
马鸣騄 91, 94n3
马应魁 103, 107n6
万元吉 101, 107n2
万伟（万炜） 4, 16n13
卫允文 47, 49n2, 105

四画

介松年 39, 44n2
牛金星 33, 35n1, 41

王之心 10, 17n25, 18–19
王之明 127, 133n24, 173
王之纲（王之刚） 93, 94n7, 113
王永祚 10, 17n24
王秀楚 143, 145n16
王承恩 13, 17n28, 19, 23, 26–29
王昺 127–128, 133n23
王皇极 114, 115n5
王相尧 30, 32n10
王漪清 63, 69n10
王铎 147, 148n2, 149, 159
王鳌永 70, 72n1
长公主（长平公主） 1, 3, 15n3, 25
邓天王 123, 132n10

五画

史可法 73–76, 80n1, 83–84, 87, 89–93, 98, 100–106, 108–109, 116, 128, 134, 139–140, 142, 159
左光斗 6, 16n19

左良玉　77, 82n18, 90, 116, 118, 121–124, 126–130, 134–135, 137–139, 173, 175

左金王（贺锦）　123, 131n7

左梦庚（梦庚）　126, 132n17, 138

永王（朱慈炤）　24–25, 31n2

田弘遇（田畹、田皇亲）　11, 17n26, 50, 55, 60–62

田妃（田秀英）　60, 68n8

田成　126–127, 132n19, 151

田雄　169, 170n2n3, 171

冯铨　18, 21n3

六画

光时亨　6, 16n17, 19, 23, 39–40, 42–43, 45

曲从真（曲从直）　103, 107n5

朱纯臣　27, 30, 31n6

朱国弼　157, 161n1, 164

吕大器　126, 132n16

阮大铖（圆老）　73–76, 79, 80n5, 117–119, 130, 136–139, 146, 149–150, 153, 172, 174–175

孙承泽　19, 21n9

许定国　95–98, 99n1, 113

许泗　97, 99n3

过天星　123, 131n8

齐赞元　157, 161n2, 164

刘良佐　74, 81n9, 89, 100, 102–105, 108, 111, 165, 168, 171

刘宗敏　30, 31n9, 50–53, 55–57, 62–64

刘泽清　18, 21n6, 74, 89, 100, 102–103, 108, 111, 168

七画

何复　41, 44n7

何楷之（何楷）　175, 177n2

何腾蛟　128, 133n28

吴三桂　57–58, 60, 63–66, 68n2, 70, 128

吴希哲　135–136, 144n3, 146

吴襄　58, 62, 64, 68n4

孝纯太后　3, 15n9

宋企郊　33, 35n3, 41

宋献策　33, 35n2

宏光（弘光）　74–77, 79, 81n12, 83, 86–87, 102–106, 108–109, 111, 113–114, 116, 121, 126–129, 134–136, 139, 146–147, 149–151, 153, 165, 167, 169, 171–175

李之椿　135, 144n2

李本深　93, 94n8, 98, 102, 104–106

李成栋　93, 94n5, 135

李自成（李闯王、闯王）　11, 19, 22n10, 30, 33–34, 36, 38–42, 46–47,

52–53, 55–58, 61–67, 70–71, 92–93, 124–126, 128

李邦（李邦华） 6, 16n16

李明睿 5, 16n14

李建泰 4–5, 15n12, 40–41

李国桢 13, 17n27, 19–20, 23

李遇春 142, 144n12

李继周 128, 133n26

杜秋亨（杜勋） 40, 44n6

谷大成 66, 69n19

张国维 122, 131n2

张执中 126, 132n20

张缙彦 19, 21n7, 30, 39, 42

张献忠 122–126, 131n4

陈洪范 122, 131n5

陈圆圆（陈娘子） 60, 61, 67, 68n7

杨昌祚 47, 49n3

杨嗣昌 123, 132n11

杨维垣 18, 21n5

应延吉（应廷吉） 82n21, 86, 88n2

八画

周延儒 73, 80n7

周奎 7, 16n21, 53

周凤翔 16, 21n1

周锺 39, 42, 44n5

定王（朱慈炯） 24–25, 31n3

虎大威 124, 132n15

金之俊 70, 72n2

苗人凤 63, 69n11

英王（和硕英亲王，阿济格） 63–64, 69n16

范文程 71, 72n3

范景文 6, 16n15, 18–19, 46

郑彩 150, 155n4

郑鸿逵 150, 155n3

九画

侯恂 121, 124, 126, 132n14

姚思孝 135, 144n1

姜曰广 75–76, 82n16, 117

柳如是（柳夫人） 75, 81n13, 174–175

柳祚昌 175, 177n1

柳寅东 39, 44n3

洪承畴 65, 69n18, 90, 142, 146

皇太子（朱慈烺） 3, 24, 15n11, 129

革里眼（贺一龙） 123, 131n7

祖有光 63, 66, 69n12

贺人龙 123–124, 132n12

贺大成 93, 94n6

赵之龙 149, 153, 155n1, 156–157, 159, 162, 164, 173

235

十画

倪元璐 46, 49n1

凌駉 113–114, 115n2

唐世济 149, 155n2

唐通 58–60, 68n3

唐肃宗 6, 16n18

徐高 7, 16n20

翁之琪 169, 170n1n3

袁妃（袁贵妃） 24–26, 31n1

袁牟（李牟） 53, 54n2

袁继咸 128, 133n29, 137–138

高元爵（元爵） 104–105, 107n7

高弘国（高弘图） 75–76, 81n14

高杰 74, 81n10, 89–93, 95–98, 100–103, 105, 108, 111, 113

高梦箕 128, 133n25

润生 113, 115n3

钱谦益 74–76, 80n11, 146, 149, 152, 157, 159–160, 162, 164–165, 173

党崇雅 39, 44n1

十一画

崇祯 2, 15n4, 30, 37, 40–41, 43, 45–46, 52–53, 57, 60, 62, 71, 73, 108–109, 114, 121–126, 128, 157, 173

曹化淳 10, 17n23, 23, 30, 33

曹威 123, 132n9

梁兆阳 39, 41, 44n4

皇后（庄烈愍皇后） 1–7, 10, 15n2, 24–26

黄家瑞 91, 94n2

黄得功 74, 81n8, 89, 100–104, 106, 108, 111, 129, 135–139, 151, 167, 171

黄蜚 100, 107n1

黄澍 127, 129–130, 133n21, 137–138

龚鼎孳 19, 21n8

十二画

惠登相 131n8, 138, 144n4

程柱（程注） 75, 81n15

韩赞周 151, 155n6, 174

十三画

福王（朱由崧） 73–74, 79, 80n2, 89, 126, 158, 165, 167, 171, 173, 175

十四画

熊文灿 123, 131n6

管抚民 63, 69n13

十五画

黎玉田 66, 69n20

豫王（和硕豫亲王，多铎） 63–

64, 69n17, 93, 111, 113, 141–142, 150, 152, 157–160, 162–165, 171–175

十六画

潞王（朱常淓）　73, 80n3

霍达　150, 155n5

霍维华　18, 21n4

十七画

魏忠贤　1, 15n1, 73

魏藻德　52, 54n1

十九画

瀛国夫人　3, 15n8